伊藤氏貴［著］

# 同性愛文学の系譜

## 日本近現代文学におけるLGBT以前／以後

勉誠出版

# はじめに　同性愛をめぐる二つの「自由」

日本が同性愛文学の宝庫だというのは夙（つと）に知られたことだろう。岩田準一[※1]の労作『男色文献書志[※2]』は、記紀にあるような、解釈次第でどうとも読める怪しげな記述は排し、はっきりと同性愛について語るものとして、『伊勢物語』から昭和初年までの、優に千を超える文献を列挙する。岩田はまた、『本朝男色考[※3]』では、日本の男性同性愛一般の歴史を披歴した。同性愛は、現在のＢＬ（ボーイズ・ラブ）のような文学上のフィクションとしてばかりでなく、現実の生活文化としてあった。

同性愛に関して途切れることのない一貫した通史が描けるというのは、日本文化の一つの特徴と言っていいだろう。ゲイリー・Ｐ・リューブは、『男色の日本史[※4]』という書物を、「なぜ日本には、古代ギリシャとならぶ同性愛文化が花開いたのか」という驚きをもって書きはじめている。しかし、ギリシャの場合は「古代」に限定されるが、われわれの同性愛は古代から綿々と今にまで至る「日本通史」を記せるのであり、たんに「ならぶ」というレベルでないのは明らかだ。

ただ惜しむらくは、岩田の『本朝男色考』の本編は室町時代で終わり、リューブの『男色の日本史』は基本的には江戸時代の考察に終始している（原題は“*Male Colors: The Construction of Homosexuality in Tokugawa Japan*”すなわち『男色──徳川時代の日本における同性愛の構造』であり、邦題はいささか風呂敷を広げすぎたきらいがある）。とすれば、誰かがその後を継ぐべきで、本書がそれを目指すべきということにもなろうが、ただことはそれほど単純ではない。両書の延長上に、日本近代の同性愛史を単線的に引き伸ばすことは不可能だ。日本の同性愛は、近代化・西洋化に伴い、とりわけ大正期から戦後にかけて、それまでにない大変革を経験したからである。

それは、たとえば茶道が、生活の西洋化に伴って茶室から外に出てテーブルと椅子の立礼（りゅうれい）を生み出したというような、ある一つの文化事象の内部での作法や慣習の変化といったレベルにはとどまらない激変であった。その文化自体がまるごと葬り去られようとしたのであり、その抑圧を潜り抜けるために、同性愛を生きる者たちは自らの立場や認識の変化を迫られた。

「同性愛者」という新たな枠組が生まれるとともに、その名で名指される人々がその内部に囲い込まれ、「異常」の烙印を捺され、陽の当たる場所から周縁へと追いやられるようになったということだが、事情の複雑さはたんなるこの価値の転換だけにあったのではない。「同性愛者」という負の価値を持つものとしてはじまったカテゴリーは、そこに括られる側の人間たちによって積極的に選びとられたところもあるのだ。

その流れの上に現在の「LGBT」や「SOGI」[※5]があり、「同性愛者」たちが胸を張って生きることのできる社会の構築が喫緊の課題としてわれわれの眼前に置かれているが、ここで目指されている自由は、「同性愛者」が現れる以前の自由と同じものではない。「同性愛」という指向や行為にそもそもなんの蟠（わだかま）りも感じていなかった際の〈自由 freedom〉と、「同性愛者」としての権利の獲得、抑圧からの解放という意味での〈自由 liberty〉とは、似て非なるものだ。

この二つの〈自由〉の差異は、たとえば異性愛におけるような「常識」が昔と今とで異なる、といった単純なものではない。異性愛の場合、われわれは、古典文学で描かれる恋愛をどれほ

※1　竹久夢二に師事した画家にして、男色文化の研究者。江戸川乱歩や南方熊楠と研究上の交流を深め、乱歩の『パノラマ島奇談』などに挿絵を寄せた。明治三三（一九〇〇）年～昭和二〇（一九四五）年。

※2　歿後、昭和三一（一九五六）年刊。（『本朝男色考　男色文献書志』原書房、二〇〇二年）

※3　歿後、昭和四八（一九七三）年刊。（『本朝男色考　男色文献書志』原書房、二〇〇二年）

※4　『男色の日本史――なぜ世界有数の同性愛文化が栄えたのか』作品社、二〇一四年。

※5　Sexual Orientation and Gender Identity 性的指向と性自認。

ど称揚しようと、それをわれわれ自身のものとして見ることは決してない。もし彼我を地続きと考えているなら、政治家やタレントの不倫を激しくバッシングする社会が、『源氏物語』を称揚することはできないはずだ。物語中で最高の政治権力者でありアイドルであった光源氏が、現在において同じ地位を保てる可能性は皆無だろう。われわれは異性愛に関するかぎり、過去と現在のダブルスタンダードを保持しつつ、それを疑うことはない。古典における恋愛は、われわれにとってははっきりと異文化である。かつての恋愛を自由と捉えたとしても、それをそのまま今の世に甦らせようとする表立った動きはない。

しかるに同性愛に関しては、ある時には過去のそれを恥ずべきものとして隠蔽しようとし、またある時には昔はよかったとばかりに懐古するばかりでなくそこへ戻ろうとする。いずれの立場をとるにせよ、じつのところ同性愛はあいまいなまま現在と地続きなものとして捉えられている。それはもちろん、古典の恋愛作法がそれと連動していた結婚制度などとともに亡びてしまったのと異なり、同性愛は今なお生きつづけているからだが、だからこそわれわれは過去の同性愛をも今の自分の感覚で測ってしまいかねない。

繰り返せば、「同性愛者の自由」とは別の「同性愛の自由」があったということ。世界が「同性愛者の自由」を目指す中で、かつての日本にあった別の可能性を知ることは、運動に行き詰まりが生じた時に別の途（みち）を見出すきっかけになるのではないか。

そこまで望むのはいささか欲張りだとしても、近代の同性愛文学が複雑に織りなしてきた文様を辿り読み解くのは、少なくとも日本文学の一つの豊かさを味わうことにはなるだろう。なにしろ、逍遥からはじまり、鷗外、漱石、武者小路、志賀、芥川、太宰、川端、三島……と、文学史でまずはじめに名前の挙がる錚々たる作家たちがこぞって、同性愛について書いているのだから。もしここで、三島以外の名に驚きを感じたのであれば、それは文学史においても長らく同性愛が抑圧され周縁に置かれてきたからだ。そこから自由にならなければならないが、三島由紀夫において、〈自由〉の意味は変わる。三島において「同性愛」と〈自我 identity〉の問題が結びつくようになるからである。これから豊饒な日本近代の同性愛文学の領野に分け入るにあたって、〈自由〉と〈自我（アイデンティティ）〉という二つのキーワードをつねに頭の片隅に置きつつ系譜を辿っていただければ、と思う。

# 目次

# 序章　問題と方法――日本の同性愛文学と「ＬＧＢＴ」

## １　立場と方法

この章では、現在のＬＧＢＴの状況をめぐっての本書の姿勢や、用語の問題について考える。実際の同性愛文学作品の系譜へと先を急がれる方は飛ばして第一章へ進んでいただいてかまわない。いや、むしろ終章を先に読んでいただいた方が、本書の向かおうとしている場所が明らかになるかもしれない。それほどに問題は複雑で、それを解きほぐす方法は誤解を招きやすい。

先立ってこのような回りくどく言い訳めいた章を設けなければならないのは、「はじめに」でも少しふれたとおり、日本近代の同性愛文学の歴史には単線的には辿れない事情があるため、そしてまたそれに伴っていわゆる「政治的正しさ political correctness」の問題が生じるため、まず立場と方法に関しての説明が必要だろうからである。

本書の主だった章を雑誌に断続的に発表した際には、こうした点を明示せず、また、一連の論考につけた「ＬＧＢＴ批判序説」という副題のために、中身を読まずにであろう、意図をまったく反対に捉えられることさえあった。

続く章をお読みいただければわかるとおり、「ＬＧＢＴ」のいずれに属する人をも批判はしていない。ただし、「ＬＧＢＴ」という概念の枠組をそもそも自明の前提とすることもない。

この問題を扱う時にしばしば当事者性を問われることがある。同じことを言うにしても、立場によって受け止められ方が変わってくるのはある意味当然だ。つまり、お前は「ＬＧＢＴ」の一員なのか否か、という問が一見重要な意味を持つ。

本書はしかし、この問自体に潜む暴力性を問うものである。それはこの問が当人の望まぬカミングアウトを迫るから、という意味ではない。この問によって、当人の自覚がないところでどこかへの帰属を決定させようとの圧力を加えてしまいかねないからである。

これから見ていくとおり、日本の文学において、同性愛はその帰属やアイデンティティを決定するものでは必ずしもなかった。書き手のセクシュアリティに関する問そのものを私は拒否する。

その意味でたしかに、本書は現在主流となりつつあるＬＧＢＴ的「正しさ」に向かってはいない。むしろそれを相対化する方向を目指す。ただしそれは、「ＬＧＢＴ」から零れ落ちるものに目を向け、掬いとるためである。その点で「ＬＧＢＴ」の枠組を超えようとする「ＳＯＧＩ」に近いとも言えるが、「ＬＧＢＴ」を経た後の「ＳＯＧＩ」と、それ以前の日本近代文学の同性愛とはやはり異なる。「ＬＧＢＴ」の枠組を窮屈なものと見るクィア理論も、クィアQueerがそもそも異常性を示す語であり、それを肯定的に捉え返すことで成立していることからすると、なんら異常性の徴を帯びていなかった時代の日本文学にはあてはめづらい。

それゆえ、心理学や社会学、またそれを援用した文学に関する同性愛研究にもほとんど言及しない。その点で、学的に怠惰と見られたかもしれない。

ただし、たとえば第四章で見るように、『仮面の告白』の主人公と同様に、中学生くらいから同性愛に関する文献を読み漁るものの、しかし藤野千夜『少年と少女のポルカ』の主人公と同様に、結果としてなにがなんだかわからなくなるという経験を私自身も味わった。わかった唯一のことは、時代や場所を超えて同性愛全般に通用する、いかなる心理学的・医学的・生物学的・政治学的・社会学的理論も存在しない、ということだけだ。この分野の「常識」の変化は目まぐるしく、今現在もその「正しさ」も日々変わっている。

とりわけ、西洋に発する議論をして戦前までの日本の同性愛文学を裁断しようとする時には功罪のうち後者の方が大きいと思われる。後述のとおり、ある時期までの日本の同性愛は、相手に対する感情や両者の間の行為としてはほぼ同じであっても、それに対するかまえ、まなざしはまったく違った。ここで最新のＬＧＢＴ論やクィア理論などもあえて参照しないのはなにより、日本の同性愛の固有性を先入観なく見るためである。またそこから、今のわれわれがどれほど西洋的な同性愛概念に囚われているか明らかにするためである。明治以降の同性愛に対する否定も肯定も、西洋からきたものだ。そうした理論には悉くキリスト教に由来する愛・同性愛感が隠れた前提として潜んでいる。

また、この方面に関しては、研究も社会の意識も日々刻々と変化しており、進歩し進化しつつあると言うこともできようが、今のところ揺動するばかりで定まるところを知らない。そうした不安定な理論に依拠する必要は、少なくともある時期までの日本文学にはない。

日本文学におけるＬＧＢＴ表象、という問題の切り口は、ある時期までは成立しない。そうした人々がいなかったのだから。本書は、「同性愛者」という存在が、西洋の影響を受けつついかにして立ちあがってきたのか、という問題へと向かう。「同性愛者」誕生前後の落差を見届けるために、あらかじめ特定の政治的立場をとることはせず、まずは作品そのものを現在の「政治的正しさ」抜きに読もうというのが本書の姿勢である。またその時現在の「正しさ」とは別の「正しさ」の可能性を浮かび上がらせることができればよいと思っている。

以下に見るとおり、「ＬＧＢＴ」に関する認識や状況はものすごいスピードで変化しつつある。

それは〈自由〉への重要なステップであるかもしれないが、たとえばアウティングに関する規制など、同時に別の不自由さを生んでもいる。そうした状況に対して別の可能性を示唆するものとして日本近代の同性愛文学という遺産がある。古代からの長きに亘って同性愛のさまざまなありようを書きとめ、近代においてもその多様性を多様なままに描いてきた。現代の作家たちは同性愛を描きつつも、「ＬＧＢＴ」の枠組みに囚われないありかたを模索しつつある。グローバル化に伴ってただ一つの「正しさ」だけが謳われることへの警戒心を保つためにも、この系譜を辿ることに価値はあるだろう。

結局のところ方法論は単純であり、語彙や表現を含め、同性愛がどのように描かれてきたのかを、後から生まれた概念に頼らずに辿ることにつきる。

## 2　「ＬＧＢＴ」「ＳＯＧＩ」について

権威ある国語辞典として認められている『広辞苑』（岩波書店）には、前回の改定から十年を経て第七版（二〇一八年）ではじめて「ＬＧＢＴ」の項が入れられることになった。この間に「ＬＧＢＴ」は少なくともことばとして市民権を得たということになろう。

ただしその内容に関しては、第七版発売直後から『広辞苑』編集部に批判が寄せられたという。「レズビアン、ゲイ、バイセクシャル、トランスジェンダーの頭文字。多数派とは異なる性的指向を持つ人々。ＬＧＢＴ」という語釈の「性的指向」という部分が問題で、ここには「Ｔ」すなわち「トランスジェンダー」が含まれないはずだというのだ。「トランスジェンダー Transgender」とは言うまでもなく、自らの「ジェンダー」をどう捉えるかという「性自認 Gender Identity」の問題であり、「性的指向 Sexual Orientation」の対象の性別とは関係ないからである。

たしかに正確さを欠く記述ではあるが、かつてのように「異常」と宣告するような差別意識からではなく、たんにこの分野における変化の速さに辞書編纂者の理解が追いついていないからということだろう。

もちろん、無理解も一つの差別であるという批判もありうる。しかも当人が自覚できないがゆえに根深いものとも言える。第七版ではたとえば、「愛」の項目の語釈にあった「男女間の、相手を慕う情」の中の「男女間の」という部分に括弧が掛けられるようになった。それまでは、「恋愛」に異性を前提することにより、その他のあり方を無意識のうちに抑圧していたが、括弧によって異性関係に留保をつけたのだ。

今回そこまで配慮した『広辞苑』が「ＬＧＢＴ」に関していささか迂闊だったのは、しかし、「ＬＧＢＴ」という概念自体の難しさにも一因があるだろう。「ＬＧＢ」と「Ｔ」は、右に明らかなように「指向」と「自認」という性質の異なる基準によるものなのに、それを無理に一つに括ろうとしているからだ。「ＬＧＢ」は、基本的にそこにヘテロセクシャルを加えて四つのうちのどれか一つにしか属せないが、その帰属と「Ｔ」であるかどうかは関係がない。論理的に枚挙すれば、人の性指向と性自認の組み合わせには４×２＝８通りが存在することになる。

しかし、これでややこしいと思うのはまだ早い。「ＬＧＢＴ」も、現実にあてはめるには雑すぎ、ここから洩れるさらなる性的少数者をかえって差別することになっているというもっともな批判もある。

そこで提案されるさらなる分類はたとえば「ＬＧＢＴＱＱＩＡＡＰＰＯ２Ｓ」である。五文字目以下がそれぞれなんの頭文字かと言えば、左のとおり。

Ｑ：Queer クイア　原義は「奇妙な」。そこから、「普通とは違う、個性的」という意味に。

Ｑ：Quetioning クエッショニング　自分の性的指向や性自認が定まっておらず、疑問を持ちつづけている人。

Ｉ：Intersex インターセックス　男女どちらかに身体的性的分化が定まらない人。

Ａ：Ally アライ　自らは多数派に属しながらＬＧＢＴなどに理解を示し、ともに闘う人。

Ａ：Asexual アセクシュアル　性別を問わず、恒常的な恋愛感情や性欲を感じない人。

Ｐ：Pansexual パンセクシュアル　そもそも性別genderというものを考えず、その個人に対して性愛を感じる人。

Ｐ：Polyamorous　ポリアモラス　同時に複数の人を愛する人。

O：Omnisexual　オムニセクシュアル　パンセクシュアルに似ているが、性別genderを認めつつ、どちらも愛せる人。

2S：Two-Spirit　トゥー・スピリット　主に北米先住民族において、男女どちらでもない文化的役割を負う人。

ここまでで眩暈を感じているなら、一つ一つの説明を読み飛ばさなかったということだろう。しかし、この配慮に満ちた「LGBTQQIAAPPO2S」がおそらくあまり普及しないだろうと思われるのは、細分化されすぎているからというより、既に「LGBT」がそうであったように、分類に際して異なる種類の物差しが用いられているからである。

たとえば「インターセックス」は生まれついた身体的な問題であり、一方たとえば「アライ」は、自身の性指向や性自認ではなく、他者のそれに対してどういう態度をとるかという選択的な意志の問題であり、またたとえば「トゥー・スピリット」のようにすぐれて文化的な問題もある。生物学と道徳と文化とが同じ位相で雑居するこの分類は、当然、論理的錯綜を生む。この三つのカテゴリーは可能性としては同時に成立しうるものだ。「LGBT」だけで8通りの選択肢があったのに、「LGBTQQIAAPPO2S」ともなれば、その組み合わせは一体何通りになるのだろうか。

実際、英語版のFacebookでは、二〇一八年の時点で「性別Sex」の欄に五十八の選択肢が設けられており、さらに新しい分類を提案できるそうだが、ここまでいくと、分類というよりは個人の詳細な自己紹介という意味合いが強くなってくる。そして、それでよい、という考え方もある。こうして細分化を極めることにより、分類そのものの意味を無化してしまうという逆説的な戦略としては有効かもしれない。

だとすればしかし、それはやがては発展的解消が目指されるべき概念だということになる。カテゴライズは必ずそこから零れるものを生み、現実の「生の多様性」を真に認めようとする時に齟齬を生む。

一方、「ＬＧＢＴＱＱ……」が根本的に孕む問題を避けるために「ＳＯＧＩ」という概念が最近使われはじめた。これは「性的指向と性自認 Sexual Orientation and Gender Identity」の略称であり、指向と自認を分けているため混乱は少ない。「ＬＧＢＴ」が基本的に「人」を示すのに対し、こちらは「指向」や「自認」という「属性」を示すものであり、属性の組み合わせによる分類の方法を示すだけで、その中の特定の立場を名指しはしないため、あらゆる人間、つまりマイノリティだけでなくマジョリティもすべてここに含まれる。原理的公平性を確保していると言えるが、しかしその分、不平等な現状とは乖離してしまうきらいも否めない。こちらの名称がどれほど浸透するかはまだ不明である。

そしてまた、日本の文学には古来同性への「性的指向ＳＯ」は描かれてきたが、「性自認ＧＩ」

の問題はほとんど扱われなかった。「ＳＯＧＩ」はきわめて中立的で公平な概念に見えるが、戦前までの日本の同性愛文学にあてはめることはできない。むしろ「性自認」という新しい概念が立ち上がることで、それ以前と以後とでどのように人間解釈が変わるのか、を考えるのが本書の眼目である。

「ＬＧＢＴ」や「ＳＯＧＩ」ということばを用いない一つの大きな理由は、こうした概念を用いて古い作品をリリーディングすることの危険を避けるためである。表現することばがなければ対応する現実もまったくないというような極端な論を唱えるつもりはないが、次章から詳しく見るとおり、少なくとも日本の文学に描かれてきた同性愛の諸相は「ＬＧＢＴ」ということばにはうまく対応しない。

しかし、「同性愛／同性愛者」もまた新しい概念ではないのか、それならば「同性愛／同性愛者」という語も用いるべきではないのではないかという問が当然生じるだろう。本書では基本的に「同性愛」は時代を問わず、同性同士の間で持たれてきたある程度普遍性を帯びた関係性を指すものとして用いるが、「同性愛者」は近代の特定の時期に発生した明確な歴史性を持つものとして扱う。それぞれ homosexuality、homosexual の訳語として近代日本に導入された「同性愛」と「同性愛者」の語を用いることは避けず、また両者の間に扱いの差を設ける詳しい理由はなかなかに込み入っている。[※1]

## 3 「同性愛」「同性愛者」について

「同性愛」に関しては、たしかに男性同士と女性同士とをともに含むこうした包括的概念はなかったが、「男色」や「衆道」など行為や関係性としては現在「同性愛」と呼べるものが確実に存在していたと言える。しかし「同性愛者」に関しては、それにあたる語もなく、そのような「性自認」は存在していなかった。今のわれわれからすれば不思議に思えるかもしれないが、「同性愛」はあっても「同性愛者」のいない時代が長く続いていたのである。

それでも、かつて「ＬＧＢＴ」や「同性愛者」が日本にいなかった時代がある、というのは、現在の常識からすれば耳を疑うようなことに思えるかもしれない。大リンネの分類法が明治時代に入ってきた時、それはそれ以前からある日本の動植物にも適用できたではないか。西洋にはな

※1　この点に関しては、前川直哉『〈男性同性愛者〉の社会史——アイデンティティの受容／クローゼットへの解放』（作品社、二〇一七年）の立場に同じい。「はじめに」で、最新の論を参照することはあまりしないと断りを入れたが、この書物は全体の構えからして本書と共通するところが多く、言及しないわけにはいかない。前川も、「男性同性愛者」という概念が当事者によって受容されていくプロセスを論の中心に立てており、歴史のある時期に成立して以降にのみ「男性同性愛者」という語を用い、それ以前は基本的に「同性に性的な欲望を持つ男性」あるいは「当事者男性」と呼んでいる。また一方、「同性愛」に関しては、時代に囚われずに用いている。

かった種さえも、新たに位置づけることができた。だとすればなぜ「LGBT……」や「SOGI」が当てはまらないと言えるのか。

それは、「同性愛者」、「LGBT」、「SOGI」が、リンネの対象としたような生物学的存在なのか、あるいは起源をもつ歴史的存在なのか、ということによる。今では日本のわれわれにとっても自明のものと思われるこうした概念は、西洋での長い抑圧の歴史を経てもたらされたものだ。「LGBT」が解放のための合言葉として生まれたものであるのは言うまでもないが、「同性愛者」もまた、その語自体の中に抑圧と解放のニュアンスを複雑に孕んでいた。

本書の議論にはあまり関わりないと思われるかもしれないが、今のわれわれの同性愛に関する「常識」は、日本で連綿とつづいてきた同性愛の歴史に、西洋の考えが突然横車を押してきて大きな変革を生じさせたことで生じたものである。両者の交錯する期間を経て、現在はかなり「グローバルスタンダード」に近づいているだろう。それゆえ、ごくかんたんにではあるが、西洋における「同性愛者」という語の成立までの歴史を見ておきたい。

リューブが日本の徳川時代と並んで同性愛が隆盛を誇った場所とした古代ギリシャにおいては、ゼウスを筆頭にオリュンポスの神々が範を垂れて以来、同性愛がそれ自体禁じられることはなかったとされるが、それでも異性愛と同性愛はしばしば比較され、優劣が競われることはあった。

おそらく最も有名なのは、プラトン『饗宴』の中にあるアリストファネスの説である。人はもともと目が四つ、鼻が二つ、手足が各四本の球体に近い生き物で、神々がその力の強大なのを怖れて体を二つに切り裂いたという。その後、人は互いの失われた半身を求めて生きるようになるが、もともと「男男」、「男女」、「女女」のいずれであったかにより、同性を求めるのか異性を求めるのかが決まるのだ。

ここで、男同士の「恋 eros」が最も優れているとされるが、しかしそれは同性愛か異性愛かというセクシュアリティの問題であるよりも、男が恒に女より上位に置かれていたギリシャのジェンダーの問題だろう。両者の間にどのような恋の化学反応が起きるかなどは考えず、たんなる足し算によって、それぞれの値が高い「男＋男」の組み合わせが解としても最も高いとされるのだ。

前提となっている男尊女卑を改めればこの数式に意味はなくなるが、それでもアリストファネスのこの説が、同性愛と異性愛が生来の、本質的なものであることを示唆していることは記憶されてよい。つまりここにおいて同性愛は「自然」であった。今につづく同性愛にまつわる論争の根本的な問題は、同性愛が生得的なものかどうか、ということだからだ。

西洋において、異性愛と同性愛とを対立させるこの勝負の歴史は相当に古い。たとえば、西暦一世紀後半から二世紀にかけての人、プルタルコスの『愛をめぐる対話』はまさしく、異性愛と同性愛とどちらが上かをめぐって両派閥が議論するという内容だ。

勝負そのものに囚われてしまうことのないため、ここではあえて論争の行方には触れない。ただ、同性愛が「本性=自然 physis」かどうか、ということが一つの重要な論点になっていること だけ指摘しておこう。

この「自然」をめぐっての議論は、われわれの許に至るまでに幾重にも紆余曲折してきた。最も強く最も長い影響を及ぼしたのは、言うまでもなくキリスト教である。

プルタルコスとほぼ同時代人のパウロは、『ローマ人への手紙』の冒頭で、同性に情欲を燃やすことを「不自然」なものとして退けている(第一章二六—二八節)。

もちろん旧約時代からの禁令ではあるが、「女と寝るように男と寝る者は、両者共にいとうべきことをしたのであり、必ず死刑に処せられる」(『レビ記』第二〇章一三節)という問答無用の律法と異なり、パウロは一応議論している。

そもそもレビ記の禁止事項リストとは違い、パウロが書簡の冒頭でこの点に触れたのは、ローマ人たちの間で同性愛が風習として根づいていたからであって、彼らを説得するにはただ頭ごなしに禁ずるだけではだめだと考えたのだろう。そこで、宗教や風習以前の「自然」を持ち出した。手紙の同じ章で、神の存在証明を自然の神秘から帰納するという論法をとるほど、彼にとって「自然」は絶対だった。

パウロが同性愛を「不自然」として否定する論法を自ら編み出したのかどうかは知らないが、全く同じ議論がすでに後期プラトン(『法律』)にもアリストテレス(『自然学』)にもあった。プラトンによれば、同性愛は子を生さず、動物には見られないからよくないというのである。この論調は現代までそのまま持ち越されている。

しかし、そのプラトン自身が、初期の著作では「愛 eros」を究極的には男性同士の間にしか認めていなかったことも事実であり、プルタルコス『愛をめぐる対話』の同性愛擁護の議論は多くをプラトンに依っている。『饗宴』や『パイドロス』での諸手を上げての同性愛賛美は、後代のヨーロッパ人を大いに困惑させた。男女の婚姻こそ必ずしも「自然」ではなく、一種の社会的慣習に過ぎないというのだ。

さてでは一体どちらがどこまで「自然」なのか。十八世紀から十九世紀にかけての人、ゲーテによれば、少年愛は人類とともに古く、それゆえに「自然」であり、人間の「本性」に基づくものであった。

後にニホンザル、ゾウ、バイソンや海洋哺乳類などでも同性愛行為が発見される。これを受けてジイドは『コリュドン』で、動物にもある以上、同性愛は「自然」であるとした。

しかし、そもそも「自然」に近い方が価値がある、という前提自体が疑われてよいのではないか、という議論も成り立つ。なまの自然よりも人間に固有のものの方が価値は高いのではないだろうか。紀元前七世紀から六世紀を生きたソロンは奴隷に同性愛を禁じた。それは同性愛が彼らにとっては高尚すぎるものだからだ。人間にしかなく、またそれがギリシャという文化的中心地に偏って見られるものであればこそ、周辺諸国との差異化において価値を帯びる。

西暦二世紀のルキアノスのものと伝えられる『恋愛について』では、〈異性愛=自然／同性愛=不自然〉という図式を認めながらも、それを〈善／悪〉に結びつけることで反転させる。「不自然 para physin」の「para」という前置詞を、たんに「逸れて beside」でなく「越えて beyond」と読むのである。自然を越えればこそ人間としての価値がそこに生じる。自然のままがよいというのであれば、人間が動物に勝るものなどなにもないではないか。

同性愛はこうして、どこまでも錯綜しつつ、クローンやAIの発達によりわれわれが直面させられている「人間存在とはなにか」という問にまで繋がる議論に発展する。

ふりかえれば、ヨーロッパ語で「ギリシャ風の愛」と言えば同性愛のことを指すが、そのとおり、どれほど新しく見えても、議論の本質は二世紀までのギリシャにおいて既にほとんど出尽くしていたからだ。ゲーテもジイドも、あるいは同性愛指向の原因を脳に求める論も、それが「自然」かどうか、そして「自然」であることに価値があるかどうかという二つの異なる軸に還元される。

主調としてはキリスト教による厳しい抑圧があったが、その裏ではこうした議論が響きつづけていた。この延長上に「同性愛者」という概念が生まれる。知られるとおり、それはまず医学用語として、すなわち、本人の意志の弱さによるものではないという意味では生得的=自然に近く、しかし正常ではない治療対象としてである。いわば突然変異という意味で〈自然の中の不自然〉という折衷的な解決を目指した。

それは当人たちを罪の意識から解放しつつ異常性というニュアンスをまとったものであり、解放は中途半端なものにとどまったが、後者のレッテルは少しずつ剥がされ、価値中立的なことばとなってきた。

さて一方、日本にも、男色と女色のいずれが優れているかという議論は古くから「野傾論」として語られてきたが、しかし、男色に宗教的な罪を被せ、あるいは病のレッテルを貼って貶めようとしたことはなかった。日本でそれを異常視するようになったのは、明治以降、西洋の同性愛概念が入ってきてからである。

しかし、日本語の「同性愛」も、たとえばかつての『広辞苑』では「異常性愛」とされていたが、第四版（一九九一年）でようやくその文言がなくなった。[※2] それで、「同性愛」は、キリスト教的な負の価値を背負わされる前の日本の状況に関しても用いることにする。

ただし、翻訳において“homosexual”を「同性愛」とするのは実はいささか問題で、本来は「同

※2　もちろん「病」としての意味があらゆる点で払拭されたわけではなく、「性同一性障害」はいまだに「障害」であり、だからこそ性転換が治療として許されているという問題もある。これもしかし、「障害」でなくとも、自分で自分の性を選ぶという方向へと解決されていくのだろうと思われる。

性性愛」とすべきだったろう。少なくとも、日本の「男色」、「衆道」はあくまで「性愛」なので、たとえば「恋の至極は忍（ぶ）恋」という『葉隠』が、思いは遂げられるべきでないとしたのは「至極」の特殊な精神論である。念のためにつけくわえておけば、この「恋」とは男性同士のものである。

さらに念のためにつけくわえれば、ここで「恋」が注釈なく男色を指すことは、この時代に同性愛者が大勢いたことを意味しない。たしかに男色は異常視されることもなく、このように武士の心得の一つとしてあたりまえにそれにまつわる道徳が説かれていたが、そのことの意味はつまり、武士たるものみな嗜みとして男色に関わる可能性があったということである。それでも彼らは、妻を持ち子を生すことで「家」を存続させることを当然の務めとみなしてきた。「同性愛者／異性愛者」というカテゴリーはなかったのだ。

「同性愛者」も、「同性愛」と同時に西洋からやってきた分類だが、これは後者のように時代を遡ってあてはめることができない。「同性愛」は「性」という行為、あるいは「愛」という心の状態を指すが、「同性愛者」は人をカテゴライズすることばである。かつて若衆や念者を愛し交わる者はあまたいたとしても、その人たちは周りから特別な存在として名指されることはなく、自分たちにも特別な存在としての自覚はなかった。この承認―自覚こそが「同性愛者」を生み出すのであり、それには明治を越え、大正、昭和の時代を待たねばならなかったのである。「同性愛者」とは、そのアイデンティティを受け入れた者たちを指す語である。

「同性愛」の語を普遍的なものとして用い、「同性愛者」を歴史的な語として用いるのは以上の理由による。

## 4　「文学」の問題

ここまで、用語の問題をめぐって現実社会との関係を考えてきたが、本書はあくまで文学を対象とするものであり、社会を直接論じようとするものではない。そもそも文学が現実社会の全体をあるがまま映したものではなく、あくまで虚構であり特殊であるということを踏まえた上で、しかしそれでも同性愛の問題に関して文学と現実にどのような接点があるかを本論に入る前に少しだけ考えておきたい。

まず、文学が描くのは個であるがゆえに社会を直接描く歴史よりもかえって普遍に近づきうるという逆説については、アリストテレスが『詩学』の中で述べていた。曰く、歴史はあったことを描き、詩はありうることを描く、と。

詳しくは本論に譲るが、同性愛に関しても、たしかに文学がまず可能性を描き、現実がそれを模倣し拡大するということがあった。

殊に、「同性愛」への抑圧から「同性愛者」が誕生する時、それは先述のとおり自覚の問題であり、〈自我 identity〉の問題であった。つまりこれは近代文学の中心的テーマと密接に結びついた問題だったということだ。「性的指向」や「性自認」があくまで当人の「内面」の問題であるかぎり、それがいつどのようにして生まれたのかを知るために、当初から「内面」を描いてきた近代文学が非常によい資料を提供してくれるだろうことは言うまでもない。

もちろん、一つ一つの作品は、優れたものほど個性的なものであり、そこで語られていることをむやみに一般化することはできない。また、そこから燦然と放たれる個の輝きの奥にあるものを見究めるには多分に解釈が必要となり、そこに解釈する側の時代や能力の制約も関わってくるだろう。だから、解釈の部分はそれとして明示し、できるだけ現在の「常識」の枠組抜きに作品にあたり、さらには作品を多く並べることで、それぞれの時代の意識を浮かび上がらせることはできる。作品をたんなる社会学的資料として扱うのではなく、あくまでそれが文学たることの意味を考えつつ読む、という繊細さが求められる。

その際また、中心は作品に置き、作家の事情に必要以上に深く立ち入ることはしない。たとえば三島が「同性愛者」であったかどうかという論争は、『仮面の告白』という作品の持つ意味とはあまり関係がないと思われる。

また、解釈のふれ幅があまりに大きくなる、村山槐多や大手拓次の韻文、書かれた時代の現実との関係性がわからない幻想小説や時代小説などは避ける。それらの研究に意味がないというのではない。たとえば、同性愛を描いた古典に題をとった近代の作品を本歌と比べた際に、同性愛に対する感覚がどのように異なっているかを調べることも意味があるだろう。ただ、それにはまた別の方法論を必要とするため、ここでは同時代を写実的に描いたと思われる、しかもそれが登場人物の〈自我〉とどう関わっているかが明らかな作品だけに絞って、その系譜を描きたい。大衆小説を避け、いわゆる純文学作品に限定するのは、最近の研究動向からすれば逆行しているように思われるかもしれないが、同性愛に関する承認／自覚という個人の内面との関わりを見るためには後者に偏せざるをえない。

さいわい、同性愛文学、そのリアリズムの散文は途切れることなくふんだんにわれわれの眼の前にある。基本的には年代順に作品を配列することで、同性愛に対する意識の変遷を追うことにする。

# 第一章　「同性愛者」以前

「同性愛者」という語が日本語で生まれる以前から「同性愛」は無論あった。ここでは「同性愛」にまつわる用語に注目しながら、近代初期の文学に登場する同性愛の諸相を見る。同性愛に携わる登場人物たちは、しかし未だ「同性愛者」ではない。

## 1　《行為》・《趣味》・《主義》としての〈自由〉

たとえば「ギリシャ風の愛 l'amour grec」というフランス語はもちろん、同性愛を公に禁じたキリスト教世界において、隠語としての機能を持っていた。ただし、隠すばかりでなく、「ギリシャ風」という形容詞は同時に、憧れを伴った一種の免罪符としても働いていた。

同性愛を擁護しようとする時に歴史や伝統に回帰しようとする姿勢は日本も同じで、たとえば、「江戸時代には衆道というものが盛んだった」「戦国武将は戦場に美童を伴った」というような物言いが現在しばしばなされる。しかし、少なくとも日本において、戦前までの文学に「同性愛者」はいなかった。「男色」はあり、それが「衆道」として究められていたとしてさえも、だ。たとえばなにかにつけて物語られてきた織田信長と森蘭丸の関係がどうであったにせよ、彼らを指して「同性愛者」とは普通言わない。それはもちろん、戦国武将が、美童を愛でつつ、一方で大抵は妻を持ち子を生しているからだが、彼らを今の用語で「両性愛者」と呼ぶのにも違和感があるだろう。

たしかに「男色」はあったとしても、それはある種の《行為》を指すことばであり、それを《趣味》とするだけで、ある一人の人間を全体として規定するようなものではなかった。「衆道」は、「男色」に比べれば「道」としての精神性が強調されているだろうが、それでもやはり中心には《行為》があるのであり、その人間の本性に関わるようなものではない。「道」としてもそこに一生をかけた求道者はいなかったようだ。「茶道家」や「華道家」はいても「衆道家」というこことばはない。「同性愛者」にあたるような「男色者」という言い方も存在しなかった。「男色家」はあくまで最近の呼称である。

だから、古典を斜めに読んで、「昔から同性愛者はいたんだから」と胸を撫で下ろす「同性愛者」は大きな勘違いをしている。ある時期、といっても日本史全体から見ればきわめて最近まで「同性愛者」はいなかったのだ。歴史上の人物たちが「同性愛者」擁護運動のために担ぎ出されると知ったとすれば、さぞかし困惑するだろう。彼らは自分たちが「同性愛者」として特別に括られ、なおかつその立場のために社会と闘わねばならないはめになろうとは思ってもみなかっただろうから。

「同性愛者」がある特定の人間たちを指すものとしてカテゴライズされ、実体化されはじめた時期はいつだったのか。たとえば、森鷗外[※1]の『ヰタ・セクスアリス』（一九〇九年）ではまだそれは明確には現れていない。

舞台は明治に入って間もない一八七〇年代の医学校（現・東京大学）予科の寄宿舎で、そこには蔭小路という「少年」がいた。「少年」とは「男色の受身という意味」の当時の隠語で、鷗外

森鷗外

※1　文久二（一八六二）年～大正一一（一九二二）年。代々津和野藩の御典医を務める家に生まれ、明治五（一八七二）年の廃藩置県をきっかけに父親とともに上京。年齢を偽り、人より二歳早い十二歳で第一大学区医学校（後の東京大学医学部）予科に入学。十九歳で卒業。陸軍に勤務する。軍医としてドイツ留学、やがては陸軍軍医総監として出世する一方で、小説、戯曲、評論、翻訳などに多彩な筆を揮う。

その人とおぼしき主人公・金井湛（しずか）も「少年視」され、実際先輩に襲われかかる。

「少年」ということばそのものは、《行為》や《趣味》でなく、人間そのものとして実体化されているかのようにも聞こえるが、ただこれは《行為》における「受け身」という立場の問題であり、似た立場を指すものとしては以前から「稚児」があった。

しかも「少年」ということばは、必ずいつか大人になるという意味である種の過渡期を示唆するだけであり、現在の「同性愛者」のような固定化されたカテゴリーとは異なる。

さらに「少年視」ということばは、いわば獲物としての対象を見つめる時のまなざしから発せられるものであり、「少年」も当人がおのれを指して言うのではない。

「少年」や「稚児」ということばはかなり長い期間にわたって使用されつづける。たとえば外村繁（とのむらしげる）※2『澪標』（一九六〇年）は、これまた主人公の「キタ・セクスアリス」＝性的生活の記録だが、中学時代に「少年」、「稚児さん」としてまなざされ、先輩から「艶書」を送られ、三年生の時にはとうとう「いつの間にか四年生の柔道部の選手の「少年」にされてしまう」。扱われている時期は大正を跨ぐが、主人公が中学生だったのは一九一〇年代とおぼしく、滋賀県でもこの頃までこうしたことばが使われていた。東京だけの風俗ではなかったことがわかる。

また、同性愛に関わる別のことばとして、「硬派」がある。対立項である「軟派」が、たとえば春画を見て女に情欲を燃やす連中であるというのは、現在の「ナンパ」の語法に繋がるものがあるが、「硬派」の方は現在とはずいぶん意味が違う。『新明解国語辞典（第三版）』（三省堂、一九七二年）によれば「女性とは縁が遠く、好んで正義を主張し、時に腕力や暴力をふるう・派（人）」となっているが、「女性とは縁が遠い」のは「正義を主張」するためで、要はおのれ一人の色恋よりも社会正義に関心を持つ人間ということだ。しかし、『ヰタ・セクスアリス』の金井湛がいた寄宿舎での「硬派」とは、主に男女の情交を描いた春画には興味を示さず、「男色」を求める者たちのことだった。「腕力や暴力」で「少年」たちをものにしようとしたのが「正義」の主張だとは、当人たちでさえ思っていなかっただろう。

軟派は数に於いては優勢であつた。何故といふに、硬派は九州人を中心としてゐる。その

外村繁

※2　明治三五（一九〇二）年～昭和三六（一九六一）年。江戸時代から続く木綿問屋の長男として滋賀県に生まれ、第三高等学校を経て東京帝国大学経済学部に進む。三高時代の仲間であった梶井基次郎らと同人誌『青空』を創刊。大学卒業後、一時期家業を継ぐが、弟に譲り、作家として立つ。昭和一〇（一九三五）年『草筏』で第一回芥川賞候補となる。『澪標』で第一二回読売文学賞受賞。

頃の予備門には鹿児島の人は少いので、九州人といふのは佐賀と熊本との人であつた。これに山口の人の一部が加はる。その外は中国一円から東北まで、悉く軟派である。

その癖硬派たるが書生の本色で、軟派たるは多少影護い処があるやうに見えてゐた。紺足袋小倉袴は硬派の服装であるのに、軟派も其真似をしてゐる。只軟派は同じ服装をしてゐても、袖をまくることが少い。肩を怒らすることが少い。ステツキを持つてもステツキが細い。休日に外出する時なんぞは、そつと絹物を着て白足袋を穿いたり何かする。※3

かつては異性愛より地位が高かった、として同性愛擁護の文脈でしばしば引用される箇所である。しかし、ここでまず注目すべきは、どちらが上かということより、「軟派／硬派」が、お互いに浸潤しあうことのない明確な対立項として現れているということだ。

おそらく「硬派」は地元九州周辺ではじぶんたちを特定の「派」として認識してはいなかっただろう。年長男子と少年とがカップルを成すことが、彼の地での長い風習であった。教育の一環としてそうした関係が公然と奨励されていたのである。

それが、維新を経て、学問や仕事のために上京することが一般化する中で、各地の風習同士の齟齬が顕在化する。中には入り混じり新たな習慣を作りあげたものもあるだろうし、ある一つの習慣が他を完全に駆逐するということもあっただろう。

ただ、「男色」は駆逐されることも懐柔されることもなくむしろ特権化した。しかも、たんに「男色」という《趣味》あるいは《行為》であることを越えて、「硬派」としてそれに携わる者たちが徐々に人間の種類としてカテゴライズされはじめた。

「硬派」の人間自身もそのことに自覚的になってきただろう。他者との邂逅によってはじめておのれというものが主体として浮かび上がってくる。『ヰタ・セクスアリス』の中には、「軟派」と「硬派」が鍋を囲みながらお互いの口説き方を説明し合うところが出てくる。お互いの異同を確認することによって双方がより実体化されて把握される。

しかし、それでもまだ、「硬派」は現在の「同性愛者」とは異なる。服装や言動において異性愛者たる「軟派」と一線を画すことに誇りを抱いていてさえ、である。「硬派」がたとえば薩摩の「二才（にせ）」と「稚児」というような関係をそのまま受け継いだものだとすれば、彼らは長じてみな異性愛に転じてゆくのである。嫁をとり、子をもうけ、立派な家長になることが「硬派」の目標だった。

あるいは、坪内逍遥[※4]『当世書生気質』（一八八五～八六年）によれば、同性愛が当時「龍陽主（りゅうよう）

※3　森鷗外、一一四頁。

義」とも呼ばれていた。

「最も人をして文弱にならしむるもんは、彼の女色といふ奴ぢやワイ。(中略)」
「そこで君は龍陽主義を主張するぢやな」
「女色に溺るゝよりは龍陽に溺るるはうがまだえいワイ。第一互に智力を交換することも出来るしなア。且は将来の予望を語りあうて。アムビション〔大志〕を養成するといふ利益もあるから」[※5]

執筆時期は『キタ・セクスアリス』よりかなり早いが、舞台は明治一五(一八八二)年とされており、それほど離れてはいない。同性愛はここではあくまで一つの《主義》にすぎない。だから彼らを「龍陽主義者」と呼ぶことは可能だが、《主義者》であるかぎり、それは自由意志による選択にもとづくものであるはずで、つまりは同時に転向の余地をも含むものだ。生得的なものとしての「同性愛者」というカテゴリーとは全く異なる。この学生時代の「硬派」や「龍陽主義」はあくまでたとえば学生運動の《派閥》や《イズム》なのであり、それを引き摺って一生を送る人間がないではないにせよ、その気になれば途中でいくらでも路線変更可能なものだったのだ。

さらに、内田魯庵[※6]『社会百面相』(一九〇二年)では「男色宗」、「男色道」という呼ばれ方もしている。

『堂々たる書生が女義太夫の写真を買うの腕車を追駆けるのと汚らはしい。俺は、男色宗だ。男色は陣中の徒然を慰める戦国の遺風で、士風を振興し国家の元気を養ふ道だ。少くも女色に耽るもの丶柔弱を救ふに足る。賤の小田巻を読んで見い。今の柔弱な恋愛小説と違つて雄心勃々として禁ずる能はずだ。（中略）香水臭い女学生ばかり有難がつて男色道個中の消息を理解しないとは好男子惜むべしだ……』（中略）

『人各々好む処ありだから、林君は盛んに男色を主張するサ。（後略）』[※7]

まとめよう。ここに見られた同性愛は、異性愛とは対抗する一つのカテゴリーであり、そして

坪内逍遥

※4　安政六（一八五九）年〜昭和一〇（一九三五）年。尾張藩士であった父の許に生を享け、愛知英語学校、東京開成学校を経て東京大学予備門に入り、東京大学文学部を卒業。明治一八（一八八五）年に創作理論書『小説神髄』を著し、江戸時代の勧善懲悪物語を超え、人間の心理を写実的手法で描くべきとする近代文学の理念を唱える。『当世書生気質』は、その実践として書かれた小説。

※5　坪内逍遥、一一六―一一七頁。

十分対抗しうる、時に異性愛に優越するものとしてあった。偏見や抑圧の対象として存在していたわけでは決してない。これは現在の同性愛観、あるいはそれが目指すものにすら近く見えるかも知れない。

ただし、異性愛者と対立する「同性愛者」というカテゴリーはまだ生まれていない。「男色」や「衆道」が「硬派」となり、「龍陽主義」、「男色宗」、「男色道」となっても、同性愛は基本的に《行為》の問題であり、なにかに束縛されることなくそれを選びとる〈自由 freedom〉をもつ《主義》、あるいは「各々好む処」に従った《趣味》の問題であった。

## 2 《通過儀礼》としての同性愛

しかし、この《主義》の対立がそのまま異性愛者に対する「同性愛者」を生んだわけではなかった。明治の同性愛優位は、大正に近づくにつれてまず逆転することになる。

当時の学生たちがきわめて密な同性間の絆、いわゆるホモソーシャル的な関係を持っていたことは既に多く指摘されている。たとえば明治から大正へと移る一九一〇年代前後を描いた夏目漱石の『こころ』[※8]（一九一四年）において、「先生」と「K」、「私」と「先生」との間に、友情や尊敬ということばからはみだすような熱い想いがあったのではないかという観察がなされている。

というより、当時の読者、とりわけ「先生」や「K」、「私」のような学生時代を送った者にとっては、そういう想いを見出さないことの方がむしろ不思議だったのではないか。特に「先生」と「私」に関しては、「先生」自らが「私」に向かって、「私」の「先生」に対する気持ちの中に「恋」が含まれていることを暴露する。今のことばづかいで言えば、本人も気づいていない深層心理のアウティングということにでもなろうか。


「あなたは物足りない結果私の所に動いて来たぢやありませんか」

「それは左右かも知れません。然しそれは恋とは違ひます」

「恋に上る楷段なんです。異性と抱き合ふ順序として、まず同性の私の所へ動いて来たのです」

「私には二つのものが全く性質を異にしてゐるやうに思はれます」

「いや同じです。私は男として何うしてもあなたに満足を与へられない人間なのです。（後略）」[※9]

内田魯庵

※6　慶応四（一八六八）年〜昭和四（一九二九）年。旧幕臣の子として現在の東京都台東区に生まれる。東京専門学校（現・早稲田大学）中退。ドストエフスキー『罪と罰』を英訳で読み、衝撃を受け、硯友社的な遊戯文学を批判。自ら社会諷刺の小説や随筆を書きつつ、評論家として名を成した。

※7　内田魯庵、一七―一八頁。

いわゆる腐女子的な想像力に溢れた深読みを容れるまでもなく、ここには同性に対する、たんなる友情や尊敬を超える想いが解釈の余地なくはっきりと書き込まれている。

「私」の言う「二つのもの」とは異性愛と同性愛とではなく、恋愛と自分の内にある「先生」への想いとであろう。しかしいずれにせよ、「先生」によれば「私」の内部では、「先生」という同性に対する想いと「異性と抱き合う」に至る感情とは地続きなのだ。

若い「私」にはそのことが受け入れがたく思える。大学生の「私」は、科こそ違え『ヰタ・セクスアリス』の主人公と同窓の後輩にあたり、「龍陽主義」や「硬派」について何も知らなかったはずはないのだが、しかし下宿暮らしで寄宿舎を経験しなかったためなのか、「先生」の口から同性愛について明確に語られても釈然としない。

しかし、「先生」は、なぜ自分自身でもすっとは腑に落ちない「私自身」の想いにすぐに気づきえたのだろうか。

ここからは解釈の問題だが、「先生」は「私」に自分自身の若き日の姿を重ねていたのではないか。そしておそらく同性に対するその「恋」は、「K」に宛てられたものだったのではないか。少なくとも「先生」は「私」の同性に対する想いをすぐに察することができるだけの経験を自らもしていたのだろう。

ただし、これ以上歩を先に進め、「同性愛」と「異性愛」とを殊更に対立させ、たとえば「先生」の自殺が「私」への同性愛感情に気づいてしまったがゆえだとするような読み方は、現在の同性愛観に基づく明らかな深読みだろう。「私」の反応を見ても、この時代にそこまでの自責を伴うようなホモフォビックなまなざしはなく、むしろ「恋に上る階段」という表現からしても、異性愛と同性愛とが連続的なものと捉えられている右のような読み方は、「同性愛者」を悲劇の主人公とすることによってヘテロセクシズムを糾弾しようという意図に基づくものであったとしても、それ自体が、あとから入ってきた西洋流の同性愛観に囚われてしまっている。

いずれにせよ、同性愛から異性愛への移行を自明のものとして説く「先生」の〈常識〉は、彼自身がどうであったかは別としても、『ヰタ・セクスアリス』の「硬派」が異端視されることなく

夏目漱石

※8　慶応三（一八六七）年～大正五（一九一六）年。江戸は高田馬場一帯を治める名主の家に生まれるが、生まれてすぐ里子に出され、連れ戻されて翌年再び養子に出され、九歳の時に養父母の離婚により夏目家に戻る。大学予備門（後の第一高等学校）から帝国大学（後の東京帝国大学）文科大学英文科に進む。松山中学、第五高等学校（後の九州大学）の教師を経て、三十代で英国留学。帰国後、第一高等学校や東京帝国大学などで教鞭を執るが、三十八歳になる年に『吾輩は猫である』を発表。好評を得て、二年後に一切の教職を擲ち、朝日新聞社に小説記者として入社。以後約十年ほどの短い間に、職業作家として多くの小説を残した。

※9　夏目漱石、三六―三七頁。

大手を振って歩いていた時代を髣髴とさせる。ただし、先生の『恋による階段』という〈常識〉からすれば、「硬派」はやがて「軟派」へと至るのではないか。

そして「私」の時代には「硬派」の風がおさまりつつあったのだとしても、「私」が同性愛それ自体を嫌忌しているようには見受けられない。舞台を現代に置き直して、ある学生が、自分の慕う同性の先生から突然「君は私に恋をしているんだ」と告げられた時の困惑の大きさを考えれば、「私」と現代のわれわれとの同性愛に対する感覚の違いはすぐに理解できよう。

「恋」ということばで同性同士の関係を語ったものに、秋田雨雀[※10]『同性の恋』（一九〇七年）がある。

私は、五年前に死んだ、此の美しい、立派な友達の写真を見るたびに、つく〲と、あの頃の夢のやうな希望の世界を思ひ出す、そして烈しい此の人の心の内に、謙遜な、自分の心を投げ入れた頃の凡ての事を思ひ廻はすと、この胸が掻き捲らるゝ程です――今だから言ひますが、私は此友の為めなら、恋も名誉も投げうたうとまでも決心した程です。

何というて宜いでしやう？やはり恋です、男同士の恋！これ程不思議なものはない、魂と魂と合する事、昔は肉体の交りさへあつたといはるゝ男同士の恋より烈しい恋はない。[※11]

相手の死後五年経ってもまったく冷めない熱情をもって語り出される「私」の想いは、決して一方通行ではない。「孤独の僕には、君は全く弟であつた、いや母とも、父とも思ふたよ、ね、君は全く僕の慰藉の源だつた……それよりく、山川、御前は僕の恋人だつた」と生前、相手も言ってくれていた。[※12]

しかし、『こころ』の「私」と異なり、お互いに「恋」、「恋人」という言葉を臆せず使える二人だが、それでもここにはある種の躊躇いがあるようにも見える。「男同士の恋！これ程不思議なものはない」と言い、「昔は肉体の交りさへあつたといはるゝ」という言い方で、自分たちの関係が「魂と魂と」によるという意味で「プラトン的 platonic」なものであることを示している。腐女子的妄想をあらかじめ排除しておこうと言わんばかりに。

ここには既に、同性間の性愛を異端とするまなざしが芽生えている。「これ程不思議なものは

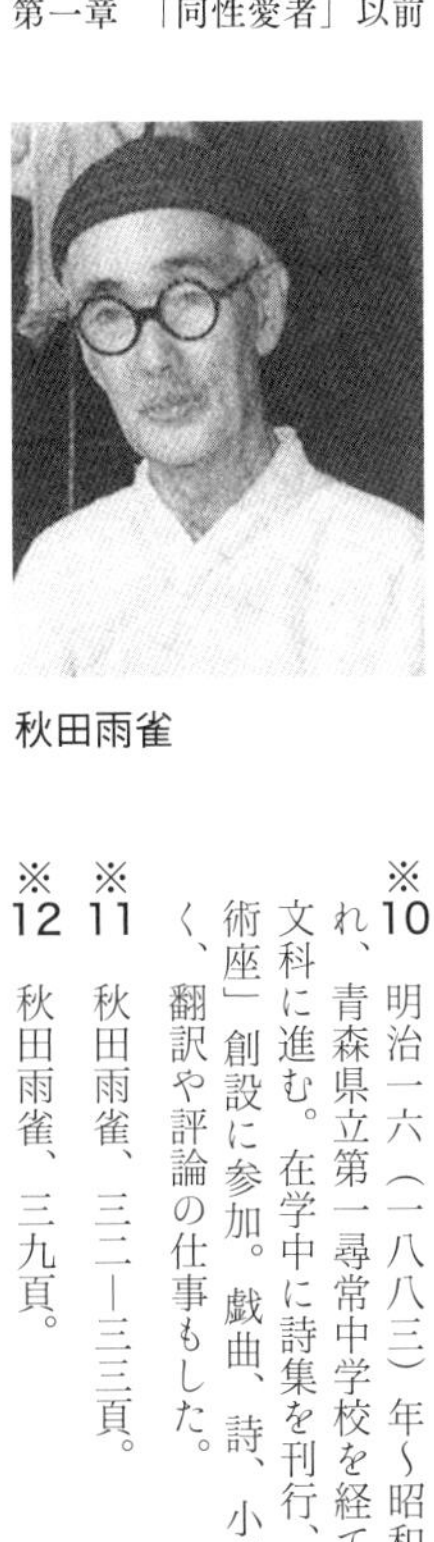

秋田雨雀

※10　明治一六（一八八三）年〜昭和三七（一九六二）年。青森県に生まれ、青森県立第一尋常中学校を経て東京専門学校（現・早稲田大学）英文科に進む。在学中に詩集を刊行、後に恩師島村抱月とともに劇団「藝術座」創設に参加。戯曲、詩、小説、児童文学などの創作ばかりでなく、翻訳や評論の仕事もした。

※11　秋田雨雀、三二一—三三頁。

※12　秋田雨雀、三九頁。

ない」と言うことで、自分たちの間にそれはなかったことを遠まわしに弁明しておかねばならなかったほど、同性愛は厭悪の対象となったのだろうか。

たしかに、前世で「余りに中が能かつたので運命の女神が嫉妬をして、かう男同士の果敢ない恋に落としたのかも知れぬ」と言う時[※13]、同性間の恋はいかにも結ばれないもの、という前提が既にできあがっている。その点で異性愛と同性愛との間に日常／非日常という区別は生じている。

しかし「男同士の恋より烈しい恋はない」という、先の引用部分の文脈からすれば、同性愛とは珍しいものではあっても、それはなによりその「烈し」さにおいてであった。男同士の「肉体の交り」はもはや「昔」のものであるにせよ、それだけで嫌忌すべきものとされたわけではない。「男同士」かどうか以前に、「恋」において「魂と魂と」の関係と「肉体の交り」とが分離されたことの方が重要である。この二人にとって、「魂と魂」の関係の方が「肉体の交り」よりも高いという認識は共通のものとしてある。それは相手が異性であると同性であるとに関わらない。

木下杢太郎[※14]が北村清六の別名で書いた『船室の夜』（一九一六年）の主人公は、性別を問わず美しい人に憧れる。

五月になつて入学した一人の少年があつた。眉目端麗で名家の生れであるやうな印象を与へた。彼は少年時代から、美しい人に対しては女男と限らずに、或る無意識の愛着を感ずる

質であつた。そしてその新入生を一見した時既に此人と親しくなりたいと云ふ衝動を受けた。[※15]

だから、次のように言われているとしても、同性愛だけがとりたてて「堕落」と結びつけられていたわけではない。

「堕落した中学生」の追懐には、世間の正道を歩んで郷父兄から賞賛されるやうな学生の知らない、また知つても深く体験しないやうな、濃厚な人情味を持つた経験があつた。

その第一は同性の恋で始まつた。[※16]

「同性の恋」は「堕落した中学生」の「第一」にして「始ま」りに過ぎず、ここから酒、煙草、

木下杢太郎

※13　秋田雨雀、四四頁。

※14　明治一八（一八八五）年〜昭和二〇（一九四五）年。本名は太田正雄。第一高等学校を経て、東京帝国大学医科大学へ進む。東京帝国大学などで教授を務めつつ、詩人、小説家、劇作家など多面的な活動をした。

※15　木下杢太郎、九五頁。

※16　木下杢太郎、八四頁。

暴力沙汰、そして女色へと進むのだ。だから、同性愛と異性愛とはここではあくまで地続きなのであり、同性愛は異性愛へと至る通過点に過ぎない。ただそれが「堕落」だというのはあくまで「中学生」としては、ということなのだ。主人公や新入生の美少年に暴力ずくで稚児になることを迫る書生たちも、同性間の関係をなんら悪びれてはいない。

それで、木下が前年に書いた『少年の死』（一九一五年）で、自分を稚児にしている先輩が郷里に遊びに来た際に主人公が自殺を試みるのも、決して同性間の関係が家族に露見することを怖れてというわけではない。それよりも、その関係をネタに、先輩が自分の姉を籠絡するのではないかと危ぶんだのだ。先輩は自分という「階段」を踏んで、姉への「恋」に上ろうとしていた。厭うべきものは肉体関係なのであり、それが同性間だったから、というわけではない。

同じ頃に書かれた、折口信夫[※17]『口ぶえ』でも、中学に入ると、色白だったり華奢だったりする新入生を四年生や五年生から追い回す風習があり、それゆえ修学旅行がおそるべき行事であったと述べられているが、主人公は先輩からのアプローチに強く抵抗するでもない。はっきりは書かれていないが、言い寄ってくるのとは別の同性に惹かれている様子である。先輩からの肉体的接触が忌まわしいとしても、それは相手が同性だからというわけではないのだ。

肉体的関係をいかがわしいものとして描いた作品に、日下諗（くさかしん）[※18]『給仕の室』（一九一〇年）がある。十七、八歳ほどの給仕たちの間で、「頭脳（あたま）の発達程度から云つたら十二三の子供にも劣る位な」ため「鈍太」とあだなされる同僚が「弄り物」になる。それはたんなるいじめではなく、性的嗜虐を含むものだ。「鈍太」がその対象になったのは、「一寸した肌触りは十六七の女の子の腕でもなでるやうな感じがする」からである。※19

とりわけ「私」の「鈍太」に対する悪戯は度を増し、体をあれこれと弄ぶようになる。「私」は「鈍太」が他の同僚にそのことをしゃべってしまうのではないかと不安になる。ここにはたしかに疚しさの感覚があるが、他の同僚も多かれ少なかれ「鈍太」を嬲っているように、同性愛だから隠さねばならない、というわけではない。ここで焦点化されるべきはむしろ嗜虐的性愛であり、その生贄がたまたま身近な同僚だったのだ。『こころ』や『同性の恋』に比べれば、肉体的接触は断然多いが、同性に対する想いということに関する主人公の内面の揺らぎはむしろ少な

折口信夫

※17　明治二〇（一八八七）年～昭和二八（一九五三）年。大阪府第五中学校（後の天王寺中学）を経て、國學院大学に進む。國學院や慶應義塾で教鞭を執りつつ、民俗学、国文学の研究に励み、かたわら釈超空の名前で和歌を詠んだ。

※18　明治二〇（一八八七）年～昭和一三（一九三八）年。本名は正親町実慶。兄、公和らとともに「白樺」の創刊に参加するが、後に筆を折る。東京帝国大学を経て日本興業銀行入行。『給仕の室』は「白樺」に掲載。

※19　日下諗、八七頁。

い。「私」は自らを「同性愛者」と考えてはいないだろう。ただ、同性の肉体に惹かれていると
いうだけで、肉欲に対する疚(やま)しさはあっても、それが向けられているのが同性だからという特別
視はなされていない。

『ヰタ・セクスアリス』の「軟派」たちも、「硬派」の存在を認めるばかりか、服装においては
それを真似ることまでしていた。「同性愛者」が括られて差別的にまなざされるようになるまで
にはもう少し時間がかかる。

時代は少し下って、志賀直哉、武者小路実篤、折口信夫、川端康成、谷崎潤一郎、芥川龍之介
……。十九世紀に生まれた文学者たちは、みずからの同性愛経験をことさら隠そうとはしなかっ
た。多くが自伝的作品の中でその体験を開陳している。

たとえば日下と同じ白樺派の、里見弴※20『君と私』（一九一三年）では、志賀直哉がモデルだと
言われる「君」に向かって次のように語られる。

たしか私が十四になる春休だつた、鎌倉の方で病後を養つてゐた俊之助兄を見舞がてら、
君や黒田君が泊りがけで別荘へ来てゐた。或る朝、私とすぐ上の金造兄とが庭へ出てキヤツ
チ・ボオルをして居るのを、君たちはまだ寝床のなかにゴロ〳〵しながら眺めてゐて、時々
ヒヤかしたり褒めたりした。その時私は君が見てゐるんだからうまくやらうと思つた。それ

は慥かに覚えてゐるが、それが運動ごとのなんでも得意だつた君の賛詞を得ようがためであつたか、或は君に対して男同士の恋を感じてゐたためであつたかははつきりしない。何しろその頃は一般学生の間に男同士の恋がヒドく流行つてもゐたし、私もそれに浮身をやつしてゐた。近頃その時分の日記を披いて見て驚いたくらゐ、あらゆる頁に同性に対する愛情が訴へられてゐるが、そのうちには君の名を見出すことは出来なかつた。然し君が泊つてゐた二日とか三日とかの短い間だけでも、君に惚れて（言葉は可笑しいが、）ゐたのかも知れない。※21

あるいは別の少年に関してこうも言う。

私は安井君を恋してゐた。一つ違ひのこの少年の何物かが、私の心を、役者に恋した子守

里見弴

※20　明治二一（一八八八）年～昭和五八（一九八三）年。学習院中等科から東京帝国大学文学部英文科に進むも、中退。兄、有島武郎、有島生馬とともに「白樺」に同人として参加。

※21　里見弴、八八頁。

ツ娘のやうな卑下と熱望とで充した。十月ほどの間、私はたゞの一日でもこの少年を思はない日はなかつた。[※22]

ここにはまだなんの疚しい感情もない。それは同性を恋した少年時代ばかりでなく、それをふりかえっている十年以上あとの現在においてもである。なにしろそれは「私」一人の問題でなく、「一般学生の間に」「ヒドく流行つて」いたほどなのだ。同性愛を隠す必要も悩む必要もない。私小説として書いても、後の三島由紀夫『仮面の告白』のような煩悶を伴った「告白」にはなりえない。

あるいはやはり同じく白樺派の武者小路実篤[※23]『初恋』（一九一四年）。主人公が十六歳の時、伯母の家に来ていた姉妹に出会う。

姉も奇麗な娘だつたが、妹の方が丈がのび〳〵して豊かな感じを与へて美しかつた。しかし自分が妹のお貞さんを美しい娘だと真に思ふやうになったのは、或日母が伯母と話てゐる時、妹は本当に奇麗な娘だと云つてゐるのをふと聞いてからだ。さうしてまもなく本当に美しい娘だと思つた。

自分はそれ迄に美しい男の子を私かに恋したことがあつた。しかし女を恋しく思つたこと

はなかった。しかし何時のまにか妹のお貞さんの方を恋しく思った。[※24]

まずはじめに同性に恋をして、それから異性へ、という流れ、『こころ』の「先生」言うところの「恋に上る階段」が、いかにも自然なものとして描かれている。

これが現在ならどうなるだろう。まず「美しい男の子を私かに恋した」ことに気づいた時点で、その少年は自らに驚くのではないだろうか。そしてじぶんを「同性愛者」として括り、恋する相手への告白よりも、自分の性的指向をいつ誰にカミングアウトすればいいかと悩みはじめるのではないだろうか。

しかし、武者小路が「初恋」をした一九〇〇年頃にはそうした悩みはまだ存在しない。同性愛も、そしてそれが異性愛へと移行することも特別視されることはなかった。ここでは、同性への

武者小路実篤

※22　里見弴、九九頁。

※23　明治一八（一八八五）年～昭和五一（一九七六）年。藤原北家の流れを汲む公卿の家に生まれ、学習院高等科を経て東京帝国大学哲学科に進むが中退。「白樺」創刊に携わり、中心となって活動する。一方で社会運動の実践にも乗り出し、自給自足を目指す「新しき村」を建設する。

※24　武者小路実篤、四四頁。

恋はいずれ異性へと至る「階段」なのであり、誰しもが一時期体験する《通過儀礼》のようなものであった。

さらに言えば、「男同士の恋」が「流行」であったり、姉より妹の方が美しいと思うようになるのが、母と伯母の会話によるものだというところからすれば、誰に恋をするのかというのは、周囲からの影響が少なくなかったことを示している。愛の相手が同性なのか異性なのかというところまで含めて、かなり可塑的であった。

武者小路より十四歳若い川端康成[※25]も、『少年』（一九四八〜四九年）という作品で、同じく十六、七歳頃の寄宿舎での経験を描いている。

床に入つて、清野の温い腕を取り、胸を抱き、うなじを擁する。清野も夢現のやうに私の頸を強く抱いて自分の顔の上にのせる。私の頰が彼の頰に重みをかけたり、私の渇いた脣が彼の額やまぶたに落ちてゐる。[※26]

こちらは到底「私かに恋した」という程度の話ではないが、それでも別段ここにみずからを異端視するまなざしはない。一九一〇年代半ば頃の話である。

谷崎潤一郎[※27]『異端者の悲しみ』（一九一七年）も、谷崎本人に擬せられる主人公・章三郎は、幼い時に二人の同性に惹かれる。

ただ此の二人は、あの時分級中切つての美少年であつて、章三郎は一と頃彼等の容色に心を惹かれた事があつた。何でも夜な夜な二人の姿が幻に立つて、青春時代の彼を悩ましたものであつた。久しい間、半年か一年ばかり彼の頭は毎日二人の妄想に依つて苦しめられたが、其の癖実地の交際は遂に最後まで淡い疎い関係で終つてしまつた。[※28]

川端康成

谷崎潤一郎

※25　明治三二（一八九九）年～昭和四七（一九七二）年。大阪で開業医であった父の許に生まれるが、一歳の時にその父を、翌年には母を相継いで亡くし、祖父母の許で育つ。第一高等学校を経て東京帝国大学文学部英文科に進む。「新思潮」（第六次）を発刊する。国文科に転科し、創刊されたばかりの「文藝春秋」などに作品を発表。昭和四三（一九六八）年にノーベル文学賞を受けるが、四年後に自死を遂げる。

※26　川端康成a、一五六頁。

※27　明治一九（一八八六）年～昭和四〇（一九六五）年。東京日本橋蛎殻町に生まれる。第一高等学校を経て東京帝国大学国文科に進むが、中退。在学中に「新思潮」（第二次）を発刊。自身のことを書く自然主義という当時の主流とは一線を画しつづけ、『異端者の悲しみ』はその中で自分の体験を描いたとされる唯一の例外的作品。

※28　谷崎潤一郎a、三八四頁。

最後の言い回しは逆に、「淡い疎い関係で終」らない可能性も十分にあったことを示唆していよう。となれば、「夜な夜な」「彼を悩ました」のは性的な問題だったと思われる。

ただし、題名には「異端」の文字が記されているが、ここでの「異端者」とは、家族の中で厄介者扱いされる自分に対する評価であると同時に、藝術家の自負のようなものでもある。「世の中に己のような悪人は又とあるまい。己こそ本当の背徳漢だ。天にも神にも見放された人間なんだ。」という意味での「異端者」であり、同性愛者のカテゴリー化や、同性愛に対する異常視と関連づけられてはいない。

作中に「不自然な肉慾に耽って、霊魂を虐げ過ぎた」という一節があるが、同性との関係が「最後まで淡い疎い」ものであった以上、「不自然な肉慾に耽って」という時の「肉慾」は、異性との関係におけるものであったに違いない。「暇さえあれば安逸を貪り、昼寝と饒舌と飲酒と漁色とに耽って居た」とある中での「漁色」も同性に対するものではない。

むしろこの時期を描いたほとんどの作品で前提とされているのは、いずれ異性愛に目覚めるまでの前段階として自明視されていたものとしての同性愛である。

芥川龍之介[※29]は、出版されなかった未定稿『VITA　SEXUALIS』と、その続編『SODOMYの発達（仮）』（一九一二～一三年頃？）で、少年の性体験の変遷を赤裸々に記述している。作中の言をそのまま信じるならば、前者は「自分自身の事実」そのままであり、後者はそこに「多少の粉飾を加へ」ているそうだが、そのかなりの部分が同性愛に関するものであり、殊に後者は、編者による仮題が示すとおり、ほぼ同性愛にまつわる体験に終始している。

しかも、ここに細かく記すのがためらわれるほどの、現在の視線からすれば相当に不道徳な内容となっている。それはもちろん同性愛だからということではなく、少年たちの体験がほぼレイプの連鎖によって繋がれていくからだ。

『SODOMYの発達』の主人公、清は十一歳の時に同級生の木村から性器を擦り合わされ、中学に入れば、しつこく言い寄ってくる二級上の勝田に犯されてしまう。はじめのうちこそ拒絶の意を示していたが、回数を重ねるうちに自らボタンを外すようになり、その勝田が卒業してしまうと今度は清が一級下の小泉を犯す。あまつさえ、同じクラス六人で徒党を組み、何人もの美少年を辱めてゆく。

しかし最後は、自分の弟がまさに凌辱されようとしている現場に出くわした姉に興味を移し、

芥川龍之介

※29　明治二五（一八九二）年～昭和二（一九二七）年。東京に生まれる。生後間もなく母が精神を病み、伯母に育てられ、十一歳で母を亡くすと叔父の養子となった。第一高等学校を経て、東京帝国大学英文学科に進む。同期の菊池寛らと同人誌『新思潮』（第三次・第四次）を刊行。多くの短編を残したが、三十五歳で睡眠薬による自殺を遂げた。

結局強引にこの姉と関係を結ぶところで話は閉じられる。

『SODOMYの発達』はあくまで他者の付けた仮題だが、たしかにここには同性愛の変遷が、そしてそこからの卒業までが描かれている。「清は何時までもこの不自然な交接に飽かずにはゐられなかつた　そしてその飽きかけた心は偶然の動機で女色の方へ展開した」[※30]と言う時、異性愛への移行の契機はあくまで「偶然」であり、今度は「女色」に飽き、再び同性愛へと移行する可能性は否定されていない。しかし、「不自然な交接」の「不自然」さは強姦にではなく同性愛に対するものであり、少なくとも語りの時点からは、いずれ異性愛へと移ることこそ「自然」であるかのような暗示を与えている。

その芥川に心酔していた太宰治[※31]が右の芥川作品に触れる機会があったかどうか詳らかではないが、太宰自身もまた『思ひ出』（一九三三年）で、「私は同じクラスのいろの黒い小さな生徒とひそかに愛し合つた」と書いている。「ひそかに」というのは、同性とだからというより、クラス内での関係だからだろう。

その頃はもう私も十五六になつてゐたし、手の甲には静脈の青い血管がうつすりと透いて見えて、からだも異様におもおもしく感じられてゐた。私は同じクラスのいろの黒い小さな生徒とひそかに愛し合つた。学校からの帰りにはきつと二人してならんで歩いた。お互ひの小指がすれあつてさへも、私たちは顔を赤くした。いつぞや、二人で学校の裏道の方を歩いて帰つたら、芹やはこべの青々と伸びてゐる田溝の中にゐもりがいつぴき浮いてゐるのをその生徒が見つけ、默つてそれを掬つて私に呉れた。私は、ゐもりは嫌ひであつたけれど、嬉しさうにはしやぎながらそれを手巾へくるんだ。うちへ持つて歸つて、中庭の小さな池に放した。ゐもりは短い首をふりふり泳ぎ廻つてゐたが、次の朝みたら逃げて了つてゐなかつた。

私はたかい自矜の心を持つてゐたから、私の思ひを相手に打ち明けるなど考へもつかぬことであつた。その生徒へは普段から口もあんまり利かなかつたし、また同じころ隣の家の痩せた女学生をも私は意識してゐたのだが、此の女学生とは道で逢つても、ほとんどその人を莫迦にしてゐるやうにぐつと顔をそむけてやるのである。秋のじぶん、夜中に火事があつて、私も起きて外へ出て見たら、つい近くの社の陰あたりが火の粉をちらして燃えてゐた。社の杉林がその焔を囲ふやうにまつくろく立つて、そのうへを小鳥がたくさん落葉のやうに

太宰治

※30　芥川龍之介、一八三頁。

※31　明治四二（一九〇九）年～昭和二三（一九四八）年。本名、津島修治。津軽の大地主の家に生まれる。旧制広崎高等学校（後の弘前大学）を経て、東京帝国大学仏文学科に進む。学生時代から何度も自殺・心中未遂を繰り返す中で、それを題材にした作品も書いた。最終的には愛人だった山崎富栄と玉川上水で入水心中を遂げた。

狂ひ飛んでゐた。私は、隣のうちの門口から白い寝巻の女の子が私の方を見てゐるのを、ちやんと知つてゐながら、横顔だけをそつちにむけてじつと火事を眺めた。焔の赤い光を浴びた私の横顔は、きつときらきら美しく見えるだらうと思つてゐたのである。こんな案配であつたから、私はまへの生徒とでも、また此の女学生とでも、もつと進んだ交渉を持つことができなかつた。けれどもひとりでゐるときには、私はもつと大胆だつた筈である。鏡の私の顔へ、片眼をつぶつて笑ひかけたり、机の上に小刀で薄い唇をほりつけて、それへ私の唇をのせたりした。この唇には、あとで赤いインクを塗つてみたが、妙にどすぐろくなつていやな感じがして来たから、私は小刀ですつかり削りとつて了つた。[※32]

ここには異性にも同性にも等分に惹かれつつ、どちらにたいしても同じように臆病で、しかし男尊女卑の考えに枠どられて、むしろ女性の方を馬鹿にする態度をとる自身の姿が描かれている。「私」の「たかい自矜の心」はむしろ異性との関係の方を恥じるのである。ここには「硬派」や「龍陽主義」ということばはないが、男性同性愛が自らを誇っていた時代の気風がいまだに揺曳している。

しかし、上に挙げた多くの文学者たちの中で、唯一自らの同性愛を深く悩んだ者がいた。志賀直哉[※33]である。『大津順吉』（一九一二年）では、その罪悪感の根源について、次のように語られている。

——「淫を避けよ」と云ふ言葉をモツトオにしてゐた位で、私にとつて教へでの最も不調和なものは姦淫罪の律（おきて）であつた。教へに接するまでの三四年間に男同士の恋で自由を行つて来た、その習慣からも姦淫は私にとつて殆ど唯一の誘惑になつてゐた。私は教へに接すると間もなく烈しく自身の肉体を呪ふやうになつた。※34

先に「罪悪感」とは言ったが、ここでは《罪》はまだ個人の外側にある。順吉は「U先生」の下でキリスト教の指導を受けていたのである。その「教えに接するまで」「男同士の恋」は「自由」なものであった。この「自由」はまだ抑圧を感じたことのない〈freedom〉としての〈自由〉である。それが《罪》であるとは、キリスト教によってはじめて意識させられたことなのだ。

志賀直哉

※32　太宰治、四六－四八頁。

※33　明治一六（一八八三）年～昭和四六（一九七一）年。第一銀行石巻支店に勤めていた父の元、宮城県に生まれるが、父の退職とともに二歳で東京に移住。学習院高等科を経て、東京帝国大学英文科に進む。国文科に転科するも、後に中退。同年に「白樺」を創刊した。

※34　志賀直哉、一四三頁。

「モツトオ」とは、外なる規律が内面化する第一歩である。みずからに意識的にある規則を課すうちに、うまくいけばそれが無意識化され、禁じられたことを毛嫌いできるようになることを目指す。志賀はそこまで行くことはできなかった。《罪》を去ることのできなかった志賀は、やがて「U先生」すなわち内村鑑三の許を去ることになる。

しかし、もう一つ注意しておかねばならないのは、ここで《罪》とされているのは必ずしも同性愛のことだけではない、ということだ。もちろんキリスト教は同性愛を固く禁じており、順吉もそのことは知っていたに違いないが、ただ、ここでの《罪》は「姦淫」のことであり、つまりそれは異性の間であろうが同性の間であろうが同じであったはずだということだ。

もし、「姦淫」が「習慣」となっていたのが女性との間だったとしても、それが「唯一の誘惑」として彼を悩ませたことに変わりはない。たんに性欲と信仰とが相容れなかっただけであって、自分が「同性愛者」であることを悩んだわけではない。その証拠に、志賀もまたこの一種の《通過儀礼》を経て、異性愛へと向かっていくからだ。そして同性愛から抜け出したとはいえ、その時再びキリスト教の下に戻ることはなかった。

まとめれば、「龍陽主義」や「硬派」といった《主義》や《嗜好》としてことごとしく語られることは少なくなったものの、男性同性愛はまだ差別の対象とはなっていない。それがいかがわしいものとされる時には、性愛として異性愛と同等である。ただし、対立的に語られることが減り、異性愛の前段階＝「恋による階段」として連続的に扱われるようになったということはしかし、異性愛より未熟なものとして貶められたということでもある。

ここから同性愛の価値低下がはじまるが、同性愛に対して内面的な悩みを感じはじめた作家としては、世紀を跨いで二十世紀に生まれた、たとえば堀辰雄を待たねばならない。

## 3　《病》としての同性愛

堀辰雄[※35]が自ら「これは私のヰタ・セックスアリスである」と言った『燃ゆる頬』（一九三二年）はしかし、鷗外のそれよりもよほど複雑な心性を描いている。そして日本文学史において、ここから同性愛に対する意識の変容がはじまる。

一九二〇年頃のことだ。十七歳の「私」は高等学校の寄宿舎に入れられる。

ある日、花壇で蜜蜂を見つける。そして花という花が蜂によって受粉をしてもらおうと「めい

堀辰雄

※35　明治三七（一九〇四）年〜昭和二八（一九五三）年。第一高等学校を経て、東京帝国大学文学部国文科に進む。室生犀星や中野重治といった人々と幅広い交友を持ち、最先端のヨーロッパ文学に親しむとともに、日本の古典に対する造詣も深めた。

めいの雌蕊を妙な姿態にくねらせ」たかのような錯覚に襲われ、蜜蜂がとまった花をむしりとって捨てる。

その後、『ヰタ・セクスアリス』と同様に今にも自分に襲いかからんばかりの先輩の手から逃れるが、金井湛のようにそのことを慌てて親に報告したりはしない。「私」が受け入れられないのはこの先輩だからなのであって、同性を想う想いそのものではないからだ。なにしろ、「私」自身、上級生たちから「少年視」されている三枝という同級生に強く惹かれているのだ。三枝は病弱で痩せ、「静脈の透いて見えるやうな美しい皮膚」と「薔薇いろの頬」を持ち、「私」は授業中しばしば彼の顔を盗み見た。[※36]

ある時、魚住と三枝の情事の現場を目撃してしまうが、それ以降、三枝は魚住より「私」に近づいてくるようになり、「私と三枝との関係は、いつしか友情の限界を超え」る。[※37]

とうとう夏休みに一週間の予定で二人で海に旅することにした「私」は、しかし決して晴れがましい気分にはならない。

或るどんよりと曇つた午前、私たちはまるで両親をだまして悪戯かなんかしようとしてゐる子供らのやうに、いくぶん陰気になりながら、出発した。[※38]

愛する人と二人きりになれるこの機会を「どんよりと曇った」情景からはじめることの意味は、たんにある一つの恋が最終的に破局に至るだろうという暗示に終わらない。この恋そのものがはじめから呪われた種類のものであるかのような印象を与えるものだ。

それを裏づけるかのような場面が、初日の夜に展開される。寝る前の着替えに際し、「私」は三枝の背中に「妙な具合に突起して」いるところを見つける。それは脊椎カリエスを病んだ痕だった。

「ちよつといぢらせない？」

さう云つて、私は彼を裸かにさせたまま、その背骨のへんな突起を、象牙でもいぢるやうに、何度も撫でて見た。彼は目をつぶりながら、なんだか擽つたさうにしてゐた。[※39]

※36　堀辰雄、二一二頁。
※37　堀辰雄、二一五頁。
※38　堀辰雄、二一六頁。
※39　堀辰雄、二一六頁。

魚住とすでに肉体関係のあった三枝との夜がここで終わるはずはあるまいと思われるのだが、その後の消息は明かされない。肉体的接触で強調されているのは「背骨のへんな突起」であり、その一点だけで二人は繋がれているかのように書かれている。

ここには隠蔽がある。魚住との情事は書いて、自分とのことは書かない。それは、あるいは相手が同性であれ異性であれ、自分のことは書かない含羞からだったのかもしれないが、少なくとも自身の同性愛体験をあけすけに語った川端からは大きく隔たった意識をここに見ることができる。

さらに言えば、「妙な具合」「へんな」という形容はたんに背骨のことだけを指すのではない。ここには自分たちの関係に対する「私」の意識が露呈している。ここからは解釈である。「へんな突起」は、三枝の肌に触れるためのストーリー展開上の口実としてだけでなく、「私」が自分の想い、三枝との関係を「へんな」ものとして捉える意識の表現として機能する。黒子(ほくろ)でもなく、いずれ癒える傷でもなく、《病》の結果、一生治ることのない《ゆがみ》としての突起。同性を愛することを《ゆがみ》として、あるいは《病》として捉える意識の発露。ただしそれは「私」自身にもまだはっきりとは自覚されないからこその象徴的表現であり、それがこの小説の優れたところでもある。「私」は同性愛をはっきり《異常》として切り捨てることも、開き直って自分を「同性愛者」として括ることもできない。想いは複雑に捻じれ、同性愛と異性愛との間を何度も揺れ動く。

「翌日もまたどんよりと曇ってゐた」。海岸に沿って歩いていると、漁師の娘とおぼしき五、六人の娘たちと行きあう。「私」はその中の「眼つきの美しい少女」を見つめ、声をかけようとするができない。それに気づいてかどうか、三枝は彼女たちの方に近づいて道を尋ねる。「私」を驚かせたのは、少女の声だった。「美しい眼つきを裏切る」かのように、その声は嗄れていたが、それが「かへつて私をふしぎに魅惑した」。

三枝への想いは次第に薄れゆく。同性から異性への愛の転換点。「私」にとってもまた、同性への恋は異性へと至る「階段」でしかなかったのだろうか。

一週間の予定を早めて明日帰ろうという「私」に三枝も渋々従う。

　その夜は疲れてゐたので、私たちはすぐに寝入つた。……明け方近く、私はふと目をさました。三枝は私の方に背なかを向けて眠つてゐた。私は寝巻の上からその背骨の小さな突起を確めると、昨夜のやうにそれをそつと撫でて見た。私はそんなことをしながら、ふときのふ橋の上で見かけた、魚籠をさげた少女の美しい眼つきを思ひ浮べた。その異様な声はまだ私の耳についてゐた。[※40]

※40　堀辰雄、二一九頁。

帰りの汽車の中で三枝は何度も「私」の手を握ってきたが、「私」はただじぶんの手を「彼の自由にさせ」るばかりだった。

夏休みの間、三枝からきた「ラヴ・レタアのやうな手紙」にも返事を出すのが次第に間遠になり、その間に三枝は脊椎カリエスを再発し、そして休みが明けても学校には戻らず、死んでしまう。「私」の冷ややかさは際立っているが、それもいたしかたない。「すでに少女らの異様な声が私の愛を変えてゐた」からである。[※41]

〈同性から異性へ〉、という移行の枠組み自体は以前と変わっていない。しかし、たとえば「階段」を一段上るだけの漱石や、あるいは武者小路のような自然の流れではなく、ここには非常に大きな葛藤や犠牲がある。愛の対象がすでに少女たちへと変わった以上、三枝の存在は「階段」というより、上層にのぼった後の梯子にすぎなくなった。同性への想いは、そこから逃げてきた以上、二度と振り向いてはならないソドムなのだ。

「ソドミー（同性愛）」の語源になった都市、ソドムはその行いゆえに神によって焼かれたが、義人ロトの妻は決して振りかえってはならないという天使の言いつけに背き、ソドムでの暮らしを懐かしんで塩の柱になった。《通過儀礼》を仕遂げることができず、ぐずぐずとその場所にとどまろうとした三枝は死ぬしかなかった。

ということで終われば、かねてからの〈同性↓異性〉という《通過儀礼》に〈異常↓正常〉〈病

↓回復〉というラベルを貼り付けるだけで済むのだろう。しかし、話はさらに錯綜する。仮に《通過儀礼》的なものであれば、そこに《異常》《病》のニュアンスが忍び込んだとしても、それは《一過性》のもの、麻疹のように一度罹れば、大人になって二度と煩わされないものとして表象されるはずだが、この作品ではそうではないのだ。

三枝と海辺の少女たちとを比較してみれば、「私」の想いの「奇妙」さは、たんにそれが同性に向けられていたからだとばかりは言えないことがわかるだろう。

もし同性から異性へ、この場合は男性から女性へと愛の対象が移行することが正常・自然なものだとすれば、あえて海辺の少女たちを選ぶ必要はなかった。おそらく彼女たちは真っ黒に陽灼けし、声は嗄れていた。それもまた「私」にとってみれば「異様な」ものだったことが繰り返し書きこまれている。「静脈の透いて見えるような美しい皮膚」と「薔薇いろの頬」を持つ三枝とは対照的だが、一般的なジェンダー属性からは反転している。

「私」がもし同性である男性的なるものから異性である女性的なるものを愛するという「階段」を上るべき時期に来ていたのだとすれば、「私」はむしろ三枝に固執するはずではなかったか。〈同性↓異性〉という一方通行がしかしスムーズには行かず、捻れを生じさせることに関して

※41　堀辰雄、二二〇頁。

は、翌年に書かれた短篇『顔』（一九三三年）でも繰り返されている。そこで、主人公は、自分に想いを寄せる少年の容貌に、自らもそうなりたいという憧れを持っていた。

夏休みになつた。

路易は母と一しよに或る海岸へ行つた。同級生は病氣になつた。彼はときどきラヴ・レタアのやうな手紙を書いてよこした。路易はそれにはろくすつぽ返事も出さなかつた。さうして同じ放館にゐるスポオツの好きな或る兄妹に夢中になつてゐた。日に焦けて、彼等は樹皮のやうな肌をしてゐた。路易はその男の子のやうな少女の気に入りたいと思つた。

ここではまだ同性愛は《異常》視されきってはいない。主人公・路易は、自分に想いを寄せる少年を気味悪く思うどころか、その少年のようになりたいと思う。さらにはここでも、いわゆる女性的な属性を持つ少年よりも、「男の子のやうな少女の気に入りたい」という、むしろ同性的なものへの憧れが示されている。

『燃ゆる頬』に戻れば、たしかに同性に惹かれることは「奇妙」で「へんな」ことかもしれないという自覚の兆しがここにある。しかし、一方でスムーズにはその移行を許さない抵抗も芽生えている。

三枝が死んでしばらく後、「私」は何人もの少女たちと愛を育むが、その少女たちもまたみな「異様な声」をしていたとされる。よもやその少女たち皆が漁師の娘だったはずもあるまい。「私」にとって異性の声の方が「異様」でありつづけるのだ。

そしておそらくそのうちの一人から肺病をもらいうける。激しい喀血の後、静養のために入れられたサナトリウムには、自分以外に十五、六歳の少年一人しかいなかった。少年の病は脊椎カリエスだったが、三枝とは違い、真っ黒に陽灼けし、恢復期にあるのは誰の目にも明らかだった。それでも「私」はその少年に三枝の影を見ずにはおれない。ある朝少年が、「私」に見られているとも知らずに、素っ裸で日光浴をしながらじぶんの股間にじっと見入っていた。

私の心臓ははげしく打つた。そしてそれをもつとよく見ようとして、近眼の私が目を細くして見ると、彼の真黒な背なかにも、三枝のと同じやうな特有な突起のあるらしいのが、私の眼に入つた。

私は不意に目まひを感じながら、やつとのことでベッドまで帰り、そしてその上へ打つ伏せになつた。

少年は数日後、彼が私に与へた大きな打撃については少しも気がつかずに、退院した。[※42]

「取りかへしのつかない打撃」とも言われるほどのこの衝撃はいったいなにを指すのか。それほどうちひしがれるのは、ロトの妻よろしく、未練がましく郷里を振り返ってしまったからに他ならない。異性へと愛の対象を移したはずなのに、再び少年へと惹かれる自分に気づいたのである。「私」は三枝を思わせる少年に再び魅せられ、しかもこのたびは陽灼けという男性的とされる属性を持ったその少年に去られてしまう。その背中に三枝のそれと同じ突起を確認したすぐあとのことだった。

愛の「ゆがみ」は「私」にとりついて離れない。幾重にも捻れた愛の苦悩が「私」の生を貫く。現在のわれわれからすれば、同性愛から異性愛へときちんと「転向」できなかったがゆえの懲罰であるかのようにも見えるが、ことはそれほど単純ではなかった。「異性愛＝正常／同性愛＝異常」という図式はいまだ完成してはいない。「私」の悩みはむしろ、この図式の成立するまでの過渡期にあって、自分をどう位置づけてよいかわからないことに起因している。ここまでの近代文学で描かれてきた同性愛は、ほとんどが学生間のものだった。『燃ゆる頬』は例外的に主人公が大人になってからの意識を書きこみ、未だに少年の裸体にときめく自身の動揺を描いている。脊椎カリエスによって象徴されていたものは、一過性でなく、不治の《病》であったのだ。

福永武彦[※43]が、堀辰雄全集の編纂の仕事と並行して書いた『草の花』（一九五四年）に、『燃ゆる頬』の濃い影が差しているとしても無理はない。しかし、福永自身は「僕の小説の中では、あれは例外的に自伝的だな。」（『小説の愉しみ』）と述べており、『燃ゆる頬』からのインスパイアはあったにしても、自身の体験がもとにあったことになる。これまた、一人の作家による「キタ・セクスアリス」なのだ。描かれているのは、主に一九三〇年代半ばから戦争までの経験である。

主人公の汐見は十八歳の時、旧制高校の一学年後輩、藤木に恋をする。しかし相手は、理を説き情に訴えつつ執拗に言い寄る汐見をはぐらかし、その想いに応えることのないまま、敗血症で死ぬ。汐見はその後、藤木の妹・千枝子へと、愛の対象を移す。千枝子は、兄とは異なり汐見を愛するようになるが、それでも汐見に応えようとはしない。なぜなら、汐見は自分をではなく、自分を透かして兄を想い見ているということに気づいてしまうからだ。

千枝子は後に石井という男と結婚し、過去をふりかえって言う。

その頃わたくしが漠然と感じ、今いっそうはっきりと感じますことは、汐見さんはこのわ

福永武彦

※42　堀辰雄、二二一―二二二頁。

※43　大正七（一九一八）年～昭和五四（一九七九）年。第一高等学校を経て、東京帝国大学文学部仏文科に進む。中村真一郎、加藤周一らと「マチネ・ポエティク」という同人を結成し、日本語での押韻定型詩の可能性を追求した一方で、推理小説も書き、映画『モスラ』の原作を手掛けるなど、幅広い活動をした。

たくしを愛したのではなくて、わたくしを通して或る永遠なものを、或る純潔なものを、或る女性的なものを、愛したのではないかという疑いでございます。或る永遠なものとは、あの方が遂に信じようとなさらなかった神、或る純潔なものとはわたくしの兄、或る女性的なものとは恐らくゲーテの久遠の女性のようなあの方の理想の人だったのでございましょう。その中でもわたくしは、汐見さんがわたくしの兄を見た眼でわたくしを見、わたくしを見ながら兄のことを考えているのを、折に付けて感じないわけには参りませんでした。わたくしは兄を心から愛しておりました。兄は本当に純潔な、美しい魂を持っていた人でした。兄は若く死にました。しかし汐見さんの心の中では、兄はいつでも生きていたのでございます。[※44]

そしてまたこうも言う。

わたくしは汐見さんを愛する時、その陰にある兄を感じ、亡くなった兄を憎みました。憎む、というのは容易ならぬ言葉ですが、わたくしはわたくしの気持ちを飾りたくはございません。汐見さんもわたくしも、兄の、今はもうこの世にない人の、影響の下に生きておりました。それが恐らく、わたくしを汐見さんから引き離し、石井の申出に応じさせた原因の一つでもございましょう。[※45]

〈同性（男）から異性（女）へ〉の愛の対象の移行という漱石以来の図式ばかりでなく、その移り気の代償として、相手の男が死ぬこと、また最後まで実は男に対する想いが残っていたことも『燃ゆる頬』に合致する。また、いまだ同性に対する未練を断ち切れない主人公を拒むのがキリスト教だったという点では、志賀直哉の時と同じ影も兆している。志賀は同性との姦淫の習慣が断てずに「U先生」の許を去るのだが、このたびの千枝子は、実に内村鑑三のつくった無教会派に属し、汐見の無信仰を責めたてたのだ。

一方、汐見は兄を口説く時にはプラトンのエロス論を持ち出し、それがPhysique（肉体的）なものではなく、魂同士の結びつきによるイデアの世界への飛翔へと誘っていた。しかし、秋田雨雀もそうだったが、プラトンによって肉体の結びつきを否定するのは、端的に言って間違っている。プラトンのイデアの世界は肉体に背を向けるのではなく、肉体を通ってその彼岸に輝くものであった。恋のイデアへの飛翔は美しい少年の肉体に目ざめることからはじまるのに、「プラトニック・ラブ」を肉体を峻拒するものとしてしまったものこそ、後のキリスト教である。

キリスト教は明治以降、禁教が解かれた後も信仰としてはあまり普及しなかったが、その愛の

※44　福永武彦、四九四頁。
※45　福永武彦、四九五頁。

思想の一部が「恋愛」というかたちで「家」などの旧い制度からの一種の解放思想として浸透した。今でもキリスト教的慣習は、本来の意味をほとんど忘れ去られ、専ら恋愛にまつわるものとして受容されている。結婚や性に対する考えも変わったが、殊に同性愛に関しては少なからぬ影響を与えた。「恋愛」が内面化されるに伴って同性愛の異端視も進行した。今まで挙げた作家たちの同性愛に対するまなざしの角度は、生きた年代とキリスト教との距離という二つの関数からほぼ正確に測定されうる。恋愛の解放思想としてのキリスト教は、同性愛に関しては〈自由freedom〉に対する抑圧をしかもたらさなかった。

そして時経つうちに起源は忘却される。それとともに、同性愛は《通過儀礼》でも一過性のちょっとした《感染症》ですらもなくなり、はじめから異性愛とは全く別の《異常》な《不治の病》のカテゴリーとなる。この時「同性愛者」誕生のための胎盤が形成されるのだ。「同性愛者」とは、フーコーの言う《種》であり、《派》や《主義》のような選択可能なものでなく、人がそこに生まれつくものである。

「同性愛者」という物言いをする時、すでにわれわれはこの考え方を受け入れていることを示しているのだが、これまで見てきた作品には少なくともどこにもこういう《種》的な発想はなかった。では「同性愛者」という《種》の発生はいつのことだったのか。

# 第二章　「同性愛者」の誕生——三島由紀夫という分水嶺とその後

## 1　「同性愛者」という《種》の誕生

文学において「同性愛者」をはじめて受け入れたのは、三島由紀夫[※1]の『仮面の告白』（一九四九年）である。同性愛に関するものとして、近代文学から選ぶとすればまず間違いなく誰もが筆頭に挙げるであろう作品だが、問題は、このあまりに有名な作品を有名にしたものはなにか、ということだ。言いかえれば、その時点で既にあまたあった同性愛を描いたその他の作品とどこが異なっていたのか。日本の文学はそれ以前から同性愛に溢れていた。

日本近代における同性愛文学の嚆矢としてとりあげられることの多い『仮面の告白』だが、前章で見たように、実は日本近代文学はそのいちばんはじめから、同性愛を綿々と、しかもあからさまに描きつづけていたのである。たんなる一つの風俗として、というばかりでなく、主人公にとっての重要な体験としても。この点で『仮面の告白』は、なんら新しいところを持たない。むしろ、自分自身について語る時の率直さという点から言えば、武者小路や川端、谷崎らよりもよほど腰がひけている。

そもそもここには、《行為》としての同性愛体験はなに一つない。ただ同性に対する思いばかりが縷々述べられているに過ぎない。にもかかわらず、この作品は一種のセンセーションを巻き起こし、「仮面の告白」とは、ほんとうに三島自身の心情の吐露なのか、それともフィクションなのかということがその後ながらく取りざたされることになった。

「告白」と言いつつしかしそこに「仮面の」という修飾をかぶせたタイトルからして、三島自身がそうした謎かけをしたのだとも言えよう。しかし、「告白」の内容としては、川端康成『少年』における次のような《行為》の方がよほどセンセーショナルなはずだ。

お前の指を、手を、腕を、胸を、頰を、瞼を、舌を、歯を、脚を愛着した。
僕はお前を恋してゐた。お前も僕を恋してゐたと言つてよい。[※2]

とはじまる部分は、清野への手紙だが、実は清野に送る前に、高等学校一年のときに作文の課題として学校に提出したものだという。同性への愛を赤裸々に綴ってなんら隠そうとしていないことは明らかだ。川端はこれが自身の体験でないなどと弁解しはしなかっただろうし、そもそもそれを疑う読者もいなかっただろう。

別の箇所で「受験生時分にはまだ少女よりも少年に誘惑を覚えるところもあつた」と言い「美少年美少女を肉の思いなしに眺められたことが一度だつてあるのか」と言う川端は、今のことばで言えば「両性愛者」ということになるのだろうか。

しかし、三島との比較で大事なことは、川端がどれほど自分の嗜好や体験についてなまなましく語ったとしても、それが〈告白〉にはなっていないということである。五十歳になった川端が、少年時代を思い出し、当時の日記や手紙を引きつつ構成したこの小説とも随筆とも分けがた

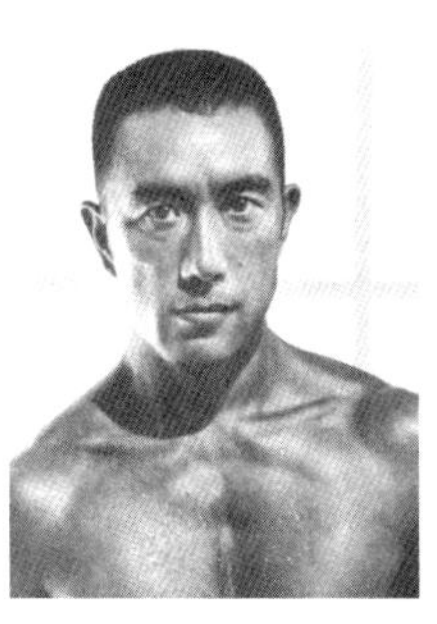

三島由紀夫

※1　大正一四（一九二五）年～昭和四五（一九七〇）年。本名は平岡公威。学習院中等部の頃より文才を認められ、文学を深く志すが、学習院高等科を首席で卒業後、父の勧めで東京帝国大学法学部に進む。卒業後には大蔵省（現・財務省）に勤めるも、翌年には創作に専念するために辞職し、いわば背水の陣で書いたのが『仮面の告白』である。

※2　川端康成a、一六一頁。

い作品には、〈告白〉という言語行為に伴われるはずのたゆたいや羞じらいがほとんど見られない。つまり〈告白〉に先立ってあるべきはずの「隠さねばならない」という意識がそもそも存在しないのである。隠すに値しないものはまた〈告白〉するにも値しない。

自身の性欲の強さに関してこそ、「家に女気がなかったため性的に病的なところがあったかもしれない僕」と分析はするが、それは性愛の指向する対象が同性だからというわけではない。たとえば「美しい少年からも人並み以上に奇怪な欲望を感じたのかもしれない」と言うとき、むしろ同性に対する欲望に「人並み」レベルが存在するという認識をはしなくも示している。『少年』ではたしかに「同性愛」という単語が使用され、それが特殊なものであるかのように扱われているようにも見えるが、それはこれが書かれた一九五〇年頃の事後的な視点が紛れ込んでいるからであって、描かれている当時、一九一〇年代の認識ではない。まだこの頃「同性愛」という日本語は一般化していなかった。

さて一方、『仮面の告白』における主人公の「同性愛」に関する認識は全く異なる。それはれっきとした〈告白〉の対象であり、主人公は終始罪悪感につきまとわれている。つまりは同性愛を恥じているのであり、だからこそカミングアウトが主題化されるのだ。だから『仮面の告白』は、「同性愛文学の嚆矢」では全くないが、「同性愛者文学の元祖」と言うことはできる。そしてここから現代に至るまで、「同性愛」をテーマとする文学は「同性愛者文学」一辺倒になっていく。つまりそれは「同性愛者」の性的興味を満たすための大衆文学か、あるいは純文学であれば「同性愛者」としての疚しさを抱えた自我の問題を描くものとなる。もちろん点景としての同性愛も描かれるが、それは異常なものとして遠くからまなざされるものであり、その経験が主人公に近づけば近づくほど、同性愛は選択の余地のない負の刻印として現れることになる。

繰り返せば、〈告白〉されている内容は、ほぼ同年に発表された『少年』と比べても、むしろショッキングなところは少ないのであり、ただ苦悩する「私」の大仰な語り口が、同性愛がきわめて深刻な問題であることを印象づけるのだ。読者もこの〈告白〉に引きずられて、同性愛を〈告白〉の対象として、すなわち本来隠すべきものとして受け取るようになるだろう。

もちろん、世間全体の「同性愛」に対する見方の変化はある。しかしそれにまして、『少年』を書いた時の川端と、『仮面の告白』を書いた三島の差がなにに依っているのかを見なければならない。

結論から言えば、川端にとって重要ではあっても一つの「体験」にすぎなかったものが、三島にとっては「存在そのもの」になっていったということだ。

過去の回想というかたちにおいて、両者は似通っている。しかし、『少年』が同性愛にまつわるある特定の時期、「少年」期だけを切り取っているのに対し、『仮面の告白』のよく知られた冒頭部は、「私」の誕生の場面にまで溯る。自分がこの世に生まれ落ちた情況をおぼえている、と主人公が宣言するところからこの小説ははじまるのである。

同性愛を「告白」するのに、なぜ生い立ちにまで言及しなければならないのか。なぜ、母親でなく祖母に育てられたこと、子どものときの体験や読書について細々と説明しなければならなかったのだろう。なぜ女性との接吻でなにも感じられなかったことまでわざわざ書いて、相手の女性を辱めねばならなかったのか。カミングアウトが目的ならば、せめてはじめて自分が同性を欲望していると気づいた瞬間から書きおこし、これまでに愛した同性たちについて書くだけで十分ではなかったか。

十分ではなかった。少なくとも「私」にとっては。生い立ちにまで溯るとは要するに、同性愛《行為》の体験について語るのではなく、「同性愛者」としての自分の起源を見究めたいという願望の現われである。そしてそこに他の道、すなわち漱石『こころ』で言われていたような「異性愛」へと向かう「階段」が自分のどこにもなかったことを見出すとき、そこに「同性愛者」という《自我 identity》が完成する。生まれついたものであり、変えることのできないものとして《種》に類したものとなるのである。

『仮面の告白』の冒頭の有名なシーンが、自分のつかった産湯に当たる陽光の描写からはじまることが思い出されよう。この世に生まれ落ちたその瞬間から自分の意識は一切の曇りなく透徹していた。あとからそこに同性愛がひっそりと入り込んだのでは決してない。「私」は生まれついての「同性愛者」だったのだ。

この時同性愛は選びとられるものではなくなり、その意味での〈自由 freedom〉も失われた。今後は自覚的、主体的に「同性愛者」であることを肯定することで、抑圧を超えて勝ち取るべき「異性愛者」と同等の〈自由 liberty〉が目指されることになるだろう。

『仮面の告白』は、「同性愛者の起源」を描き、またそれにより「同性愛者文学の起源」たる小説となった。いうなれば「同性愛者」の個体発生と「同性愛者文学」の系統発生の二つの起源に関わる小説である。この点で、それまでの同性愛を描いた作品とは根本的に異なる。

ここで「同性愛」の告白とは、実際のところプロポーズではなくカミングアウト、相手に対する「愛の告白」ではなくて自分が「同性愛者」であることの告白なのだ。『仮面の告白』において、同性愛は《趣味》でも《主義》でも《行為》でもなく、さらには《通過儀礼》でもなく、変わることのない自分の《アイデンティティ》の一部、というよりその核になっている。だからこそ、それが形成される過程について、詳しく語られねばならない。それは相手のためというより、自分自身が納得するためであり、実はその語りの中でこそアイデンティティはより強固なものへと形づくられていく。きわめて幼いときに芽生え、それ以来踏み固められてきた「自我」は、今後の生涯においても絶対に変わらない。だから、ここで「告白」は、自分は一生同性愛者でありつづけるのだ、という「宣言」でもある。

たしかに「私」は、気づいたときにはすでに同性に焦がれていた。しかし、そこまでなら実は武者小路も川端も谷崎の主人公たちも同じだったはずだ。はじめてそれを〈告白〉した三島の「私」が他と違ったのは、内なる同性愛的傾向の起源を西洋由来の心理学によって辿ることで、それを自己そのものとして確定していったという点にある。もはや同性愛は自己の付属品でもなければ属性ですらなく、それがなければ自己が崩潰してしまうほどの核なのだ。生き方ですらない。フーコー言うところの《種》であり、選択の余地のないものだからだ。

歴史や心理学を辿ることで、一方で同性愛を擁護しようとする。しかし、それは同時にかつての自由を喪う途でもあった。そして、これ以降現在に至るまで多くの「同性愛者」の主人公たちがこの同じ途を自ら選んできた。たとえそれが自覚的なものでないとしても。

見てきたように、かつてであれば、同性に惹かれる感情はとりたてて隠すべきものではなかった。しかし、それが《病》あるいは《異常》なものだという意識が少しずつはびこるにつれ、その思いは内にじっと秘めねばならないものとなる。それは一つの傾向あるいは属性に過ぎなかったものを自己の中心に据えていく作業でもある。

そして、他人に打ち明けられずに、自分の《病》あるいは《異常》の原因を探ろうと、心理学を学んだり、歴史上の人物に仲間を見つけようとしたりする。その途上で同性愛は擁護され、それをおのれの個性として生きることを選ぶ。そして、その選択が自覚に基づくものでない以上、それ以外の生はもはや考えられない。

一切の環境に関わらず、同性をしか愛せない人間もあるいはいるのかもしれない。しかし、少なからぬ人間が、上のように無自覚のうちに自らを「同性愛者」という《種》に押し込めてきたはずだ。

実のところ、三島が同性愛をテーマとして書いたのは、なにも『仮面の告白』がはじめてではなかった。彼の実質的な文壇デビュー作『煙草』（一九四六年）は、三島自身が堀辰雄の『燃ゆる頬』に近いと明言するとおり、学生時代の同性への憧れを書いたものだった。上級生から見初められ、一緒に煙草を吸うことにふるえるほどの悦びを感じるという、他愛ないと言えば他愛ない物語だが、この「煙草」と「中世」という二本の短編を川端康成に見てもらったところ、川端が「煙草」を採って雑誌「人間」に推挙し、デビューとあいなったのだ。

川端が認め、三島自ら堀に似ていると言う『煙草』には、同性愛を歪んだものと見るまなざしも、「同性愛者」を《種》として括るカテゴライズも未だ存在しなかった。それは青春の淡い恋の一コマであり、懐かしく思い出されるものに過ぎなかった。

しかし、堀の主人公が、現在の自分にも同性愛を見出す時、思い出もまた《歪み》とともに思い出されたように、まさしく現在の同性愛に悩む『仮面の告白』の「私」はもはや同性愛を自分の核心、あるいは《ほんとうのじぶん》として捉えてしまう。

この時、一種の恍惚があることも見逃してはならないだろう。もちろんこの「告白」は、〈告白〉である以上「隠さねばならない」という負の価値を帯びてはいるのだが、同時に《ほんとうのじぶん》を見つけたという悦びによっても彩られている。なんであれ、《ほんとうのじぶん》を見出し得ない者たちに対する優越感さえ、ここには垣間見られる。同性愛は選び取ったものではなく、自分が「同性愛者」として選び取られたのだという一種の選民思想。これを読み逃してはこの小説の意味の多くが失われてしまうが、ただし念のためつけくわえておけば、これはあくまで『仮面の告白』という文学作品のきわめて文学的な部分であって、現実社会において新たに生まれた「同性愛者」たちが同様の感情を抱いたということを必ずしも意味しない。少年ランボーに魅せられて地獄を見たヴェルレーヌの「選ばれてあることの恍惚と不安二つ我にあり」と同じ複雑な感情が『仮面の告白』には揺曳しているが、現実においては不安ばかりに押しつぶされそうな人々が大勢いただろう。それについては別の作品を通じて後に見る。

ともあれ、堀辰雄は同性愛に《歪み》を与え、三島由紀夫はそれを《種》として括った。このカテゴライズは強力で、これ以降、同性愛というテーマは悉く「同性愛者」という劣性《人種》と切り離し難いものになった。

以来、「同性愛者」たちは、

①自分が同性愛者であるかどうかの葛藤に苦しむ者
②同性愛者として生きることを当然のことと受け入れている者

の二つのパターンで描かれるが、①と②が同時に描かれる時は、①が主人公、②が脇役となる。あるいは、②を主人公とする場合でも、その作家はそれ以前にまず①のパターンの小説を書いていることが多い。

ここから文学における同性愛の行方を予測すればおおよそ次のようになるだろう。

②の段階に達すれば、葛藤はおのずと純粋に内なるものから外部とのそれへと変化するだろう。「言うべきか言わざるべきか」が主題となり、これはおそらく今の現実の問題でもある。その際、掘り下げられる内面は当然浅くなる。問題とすべきは自身ではなく、社会の側にあると考えられるからである。そして社会が考えをあらため、②が少しずつ受け入れられるにつれ、主題ではなくなる。②だけが描かれていて、それが脇役でとどまる作品はもはや「同性愛者小説」とは言えなくなる。

三島に戻れば、彼は多くの同性愛小説を残したが、しかしその変遷は急にして、かつ単線的ではなかった。

『仮面の告白』の「私」は、①の段階を悩んでいたが、たとえば二年後の『禁色』（一九五一年）になると、美青年の悠一はもはや「同性愛者」であることに存在のゆらぎを感じることがない。この点では①から②へと順調に移行したようにも見える。

これまで三度、女性に手ひどく裏切られた老作家、檜俊輔は、女性には一切興味を示さない悠一を見出し、彼を利用して自分を傷つけた女性たちに復讐しようともくろむ。悠一に彼女たちを誘惑させた上でこれを裏切り、自分と同じ気持ちを味わわせようというのである。女性になんら憐れみを感じない悠一は、俊輔の差出す大金にこの計画を受け入れる。女たちを手玉にとり、そのうちの一人とは愛もないのに結婚までするが、外で男たちと遊ぶのは止めない。

しかし、人間関係は複雑の上にも複雑に絡み合い、最終的に驚くべきことが起こる。紛れもない「同性愛者」であったはずの悠一は、同性に倦み、女性へと気持ちを移すばかりか、あれほど女性に執着していた俊輔は、悠一に恋い焦がれるようになるのである。

悠一は、同性しか愛せないと自他ともに認める存在ではなかったのか、俊輔は異性にあれほど執着すればこそ、莫大なお金をかけて悠一を使った復讐に執着したのではなかったか。にもかかわらず、悠一は遅ればせながらの《通過儀礼》のようにして異性愛へと移り、逆に俊輔は自らの同性愛に気づいて、あたかも自らを罰するかのように死へと赴く。

この二人の転向はなにより、あくまでどんでん返しを好んだ三島のドラマツルギーからくるものなのかもしれない。さらにはそこに美＝悠一を生の輝きへ、醜＝俊輔を死の暗闇へと追いやろうとする耽美主義が入り込んでいるのかもしれない。しかしそうだとしても、『仮面の告白』であれほど真剣に同性愛を《自我》の問題として苦しんだはずなのに、そして不変の《種》としての「同性愛者」という存在を受け入れたはずなのに、たかだか二年の間に、そうした深い悩みもないばかりか、状況や相手次第で軽々と同性愛から異性愛へ、あるいはその逆の道を辿る者たちを物語の中心へと据えるに至ったのである。『仮面の告白』に比して『禁色』の人物たちの内面は浅い。同性愛にまつわる作品を多く書いた三島にとって同性愛が《自我》の問題であったのは、実は『仮面の告白』のごくごく短い時期でしかなかった。

「同性愛者」サークル「アドニス会」[※3]の雑誌『ＡＤＯＮＩＳ』別冊小説集『ＡＰＯＬＬＯ』に榊山保の変名で載せられた『愛の処刑』（一九六〇年）では、同性愛は切腹というまた別の性的興味と綯い交ぜになって性的消費の対象となっているし、戯曲『わが友ヒットラー』（一九六八年）では、同性愛は粛清の理由づけという点景に化している。

このどこにおいても「同性愛者」という《自我》の受け入れ自体は問題にならない。そうした悩みはない一方、『禁色』で最終的に異性愛を選択した悠一が救われ、同性愛へと至った俊輔が

※3　戦後発足した男性同性愛の会員制のサークルで、昭和二七（一九五二）年に会員制の雑誌『ＡＤＯＮＩＳ』を創刊。三島由紀夫だけでなく、歌人の塚本邦雄、推理小説作家の中井英夫らが変名で寄稿していた。昭和三七（一九六二）年、警察の取り締まりにより廃刊。

同時に自死を選択するように、同性愛は必ず「死」と結びつけられており、それはあたかも、同性愛の苦悩がやがて内面のそれから外部との闘いのそれへと移っていくことを予言しているかのようである。三島は、その後の同性愛文学の多様性を半ば一人で具現化してしまった。

『女方』（一九五七年）になると、歌舞伎という世界の特殊性はありつつも、男性演出家に恋をする名女方と、その女方に恋する男の気持ちが、何の衒いも鬱屈もないまま淡々と描かれる。

さらに『肉体の学校』（一九六三年）では、貧乏ゆえに男娼としてゲイバーで働く学生が登場するが、彼の悩みはお金や地位にまつわる社会的なものであり、内面的アイデンティティのそれではない。基本的には異性愛者でありながら、金のために同性にも体を売っているだけであり、同じゲイバーで働くゲイボーイが同性愛者としての自己に悩まないように、彼も自己のセクシュアリティについて悩んだりはしない。

三島以後の同性愛を描く多くの作家たちは、自らの主人公に①から②へ、すなわち「同性愛者」の葛藤から受容へという同じ路線を辿らせることになるのだが、三島は一人、そのさらに先まで進んでいたとも言える。

葛藤から受容へ、というこの移行は、堀から三島へと受け渡されたものであると同時に、三島以降の個々の作家の内部でも繰り返されている。その点で、「個体発生は系統発生を繰り返す」という、本来の生物学の分野では否定されているヘッケルのことばは、同性愛文学においては正鵠を射ていると言える。生物学の場合、個体の成長と種の進化との間には偶然の類似しかないのかもしれないが、「同性愛者」という《種》は、それぞれが「個」の内面においてつくりあげるものなのだから、それも当然だろう。

## 2　《種》への抵抗と《種》としての抵抗

大江健三郎[※4]は、同性愛をしばしば点景として用いている。たとえば『個人的な体験』（一九六四年）には、ゲイバーの店主をしている「菊比古」という、主人公の後輩が登場する。彼はかつて米兵により開眼させられ、「同性愛者」だという自覚を持った。大江の筆は、彼ら「同性愛者」を偏見なく扱っているが、彼らは「同性愛者」としての内面化を既に終えた人《種》であり、それゆえ大きな内面的葛藤もなく、それゆえ物語の主人公にはなりづらい。

書けるとすれば、橋本治[※5]の一連の『桃尻娘』ものの中で、「オカマ」と呼ばれ「ホモ」を自認する少年を主人公とした『無花果少年と瓜売小僧』（一九八五年）のような、スラップスティッ

※4　昭和一〇（一九三五）年、愛媛県に生まれる。昭和三二（一九五七）年、東京大学在学中に、五月祭賞受賞作『奇妙な仕事』が「東京大学新聞」に掲載されたのを契機に、同年『死者の奢り』で文壇デビューを飾る。翌年に『飼育』で芥川賞受賞。平成六（一九九四）年、ノーベル賞受賞。他の代表作に『万延元年のフットボール』など。

クに傾く。

主人公の高校生は同じバスケ部の先輩に憧れつつも、中年男性、女子大生、後輩男子と関係を結び、なんら悪びれることなく、「同性愛者」としてのアイデンティティを築いている。「オカマ」と罵られつつも、それを必要以上に苦にすることなく、むしろ校内で人気者の地位をさえ得ており、ある種の〈自由〉を満喫しているが、現実離れしていた感も免れない。

三島以後で、同性愛を大書しながら、それを《種》にしなかった少数派の作品として、たとえば、村上龍[※6]『限りなく透明に近いブルー』（一九七六年）がある。ここには、主人公のリュウが同性と交わるシーンが出てくるが、これは彼がさまざまな方面での逸脱を試みる中でのワンシーンにすぎない。描かれているのは同性性愛であって、自らの性的アイデンティティに悩み苦しむ「同性愛者」ではない。

古い時代の文学のように、同性愛行為がたんなる性的放恣の追求として、内面と関係ないところで描かれていることは注目に値するが、作品の中では一つの点景に過ぎず、三島が築いた枠組を壊すには至らなかった。

中上健次[※7]『讃歌』（一九八七～八九年）においてもまた、イーブと呼ばれる主人公は、男娼として相手の性別を問わず関係を結ぶが、そこにアイデンティティの悩みは生じていない。『限りなく透明に近いブルー』のリュウとは異なり、性は自らの欲望というより金銭の問題であり、性と金銭とが絡み合って人間関係を縺れさせるが、イーブ自身のアイデンティティはそれとは別のところに屹立している。同性愛はむしろ、性にまみれながらもそれに振り回されないアイデンティティの強さ、あるいはそこをすら超えて、アイデンティティの無意味さを示すための道具となっている。

また一方、比留間久夫[※8]『YES・YES・YES』（一九八九年）は、新宿二丁目で働く男娼が主人公だが、本人に「同性愛者」の自覚はない。いわゆる「ノンケ」である。かつて新宿二丁

※5 昭和二三（一九四八）年〜平成三一（二〇一九）年。東京大学在学中、学生紛争のさなかの駒場祭のポスターに書かれた「とめてくれるなおっかさん　背中のいちょうが泣いている　男東大どこへ行く」というコピーで有名になる。昭和五二（一九七七）年、『桃尻娘』で小説現代新人賞佳作を受賞。シリーズ化される。他の著作に『桃尻語訳　枕草子』など。

※6 昭和二七（一九五二）年、長崎県に生まれる。昭和五一（一九七六）年、武蔵野美術大学在学中に『限りなく透明に近いブルー』で群像新人文学賞、および芥川賞を受賞。他の代表作に、『コインロッカー・ベイビーズ』など。

※7 昭和二一（一九四六）年〜平成四（一九九二）年。和歌山県の被差別部落に生まれ、紀州熊野を舞台にした数多くの作品を書く。そのうちの一作『岬』で昭和五一（一九七六）年に芥川賞を受賞。他の代表作に『枯木灘』など。

※8 昭和三五（一九六〇）年、東京都に生まれる。『YES・YES・YES』で文藝賞を受け、デビューを果たした。他の代表作に『ベスト・フレンズ』など。

目で体を売るのはむしろノンケが中心で、彼らの多くはてっとりばやく金を稼ぐためにこの街にやってきた短期アルバイトだったという。

だからこの小説は決して同性愛者小説ではない。たしかに「僕」をとりまく人びとの中には、少年の体を買いにくる客や、ゲイバーのママなど「同性愛者」が多く描かれてはいるものの、主人公が同性を恋愛対象と見ることはない。②タイプの人間は描かれていても、ただそれでも、ノンケの「僕」が主人公の地位を獲得しうるのは、他のノンケの男娼たちとは異なり、唯一アイデンティティの悩みを深く悩んでいるからである。「僕」は短期で大金を稼ぐためにこの街に居つづけるのではない。

ノンケであって金を稼ぐことだけが目的というのであれば、今なら隣の歌舞伎町でホストにでもなっているところだろう。しかしおそらくこの「僕」は、現在でもやはり二丁目に向かうにちがいない。それは、自分という存在に手応えがなく、無理にでもその枠組を破壊することによって生の輪郭を感じたいと思っているからだ。

「僕」はじぶんが同性愛者であるという自覚の持てないまま、男と体を重ね、最後にそれを「とっても、とっても気持ちいい！」と肯定する。それはたしかに《種》という枠組に囚われることへの抵抗であった。

主人公は、金のためだけに嫌々体を売る「異性愛者」でもなければ、趣味と実益を兼ねた「同性愛者」でもなく、ゲイバーの仲間内ではたしかに特異な存在だった。この気持ちよさは単純な物理的快感ではありえない。だとすれば自分の枠組みを破壊することには繋がらないからだ。

基本的にここでの「僕」は、村上龍の『限りなく透明に近いブルー』のリュウと同じ場所に立っている。ふたりとも「自分」を壊したいと切に願っている。「僕」の向かうのは新宿二丁目でなくリュウのいた福生でもよかったはずだ。ただ、「僕」の時代には同性愛は「自分」を破壊するに十分なほど特別＝異常なことになっていたのだ。江戸時代の陰間たちが自身の存在に悩むがゆえに身を売るようになったなどという話は聞かない。鷗外から川端までを見ても同性に惹かれたり肉体関係を持ったりすることと、自我を結びつけることはなかった。

相手に対する愛情などなくとも、受身の性交に最高の快楽を感じる「僕」は、『限りなく透明に近いブルー』のリュウと同じく、同性性愛を弄んでいるに過ぎないのかもしれないが、『YES・YES・YES』ではテーマとして扱われており、アイデンティティの悩みを悩んだ末の結論として、「同性愛者」という《種》の内面化を拒むという、新しい可能性を秘めていた。

しかし比留間も、翌年の『ハッピー・バースデイ』（一九九〇年）では、男として男を愛したい男と、女になって男を愛したい男のカップルを物語の中心に据えた。つまり、片方はたしかに、自分の体に関するアイデンティティを悩んではいるが、もはや自分が「同性愛者」であることを疑っていない。『YES・YES・YES』で①を示し、なおかつそこから外へ出る方向性を見せながら、やはり②へと移行したことになる。

映画監督として同性愛を扱う作品を手掛けてきた橋口亮輔[※9]の小説版『二十才の微熱』（一九九四年）においてもまた、アイデンティティの悩みに囚われた青年・樹が二丁目にやってきて、体を売る。たしかに高校時代に同性に憧れたことはあった。しかし、クラスメイトに二人の関係をからかわれて以来、相手は露骨にじぶんを避けるようになった。それまで「同性愛者」という自覚はなかったが、外側からラベリングされたのだ。こうして樹のアイデンティティの悩みがはじまる。

二丁目に身を置いても、やはりじぶんが周りの人間のような「同性愛者」であるという意識は生まれない。そんな樹を慕う信という少年が現れるが、こちらは既に「同性愛者」としての自己のカテゴライズを済ませている。樹は信に将来の夢を尋ねられ、「俺は何でもないものになりたいな」と呟く。
①が主人公で、②が準主人公と言う意味では、定式のうちにはあるが、それでも主人公が「同性愛者」としての内面化にあくまで抵抗しているという点で、ここにも、①から外へ出る可能性が示されていた。
しかし、橋口の作品もまた、『小説ハッシュ！』（二〇〇二年）では、もはや主人公が「同性愛者」として自分を括っており、彼の問題は、いかにしてそのことを想い人にカムアウトするか、

という点にある。やはり①から②へという移行がなされている。『仮面の告白』からほぼ半世紀経っても、同性愛者という《種》の「個体発生」の手続きは変わらない。藤野千夜[※10]『少年と少女のポルカ』（一九九六年）には、男子校に通う二人の「同性愛者」が出てくるが、そのうちの一人は次のように自分のアイデンティティを確立する。

トシヒコは昔から男の子のことが好きだった。物心ついた頃からずっとそうだ。けれどもトシヒコはもう自分がホモだということでは悩んではいない。今、トシヒコは十五歳、高校一年生。十三歳のとき、自分がホモだということでは悩まないと決めた。それまでは県立の大きな図書館に通ってはさんざん同性愛に関する専門書を読みあさり、そういった本に記された同性愛者の特徴と自分を比較して一喜一憂してもいたのだったが、ある日そのうちの一

※9　昭和三七（一九六二）年、長崎県に生まれる。短編映画『夕辺の秘密』（一九八九年）でぴあフィルムフェスティバル（PFF）アワードグランプリを受け、PFFスカラシップにより『二十才の微熱』（一九九三年）を発表。他の監督作品に『ハッシュ！』（二〇〇一年、『ぐるりのこと。』（二〇〇八年）など。

※10　昭和三七（一九六二）年、福岡県に生まれる。平成七（一九九五）年、『午後の時間割』で海燕新人文学賞を受賞し、デビュー。『夏の約束』で平成一二（二〇〇〇）年に芥川賞受賞。他の代表作に『ルート225』など。

冊に、

「同性愛者の特徴の一つとして、同性愛関係の書物をたくさん読んでいると言うことが挙げられます」

という内容の記述を見つけ、それ以来なんだか馬鹿馬鹿しくなって悩むことをやめてしまったのだった。真剣な悩みを茶化されたような気がしたし、それにみんな同じことをしているのだったら何も悩む必要はないような気もした。だから十五歳のトシヒコの悩みはと言えば、もっぱら好きな男の子のことに限られている。[※11]

トーンこそ五十年の間にずいぶんと明るくなっているが、辿る経緯は『仮面の告白』を全く同じだ。「同性愛者の特徴」が「同性愛関係の書物をたくさん読んでいる」のは当然と言えば当然なので、そうした読書の中でこそ逃れがたく「同性愛者」としての自覚がつくられてゆくからである。

たとえば山田詠美[※12]『ジェントルマン』(二〇一一年)の語り手は、ゲイとしてのゆるぎないアイデンティティを持っているが、その確立にジョン・フォックスの小説『潮騒の少年』が重要な役割を果たしたことを自覚している。

そこには、もうひとりの自分がいる。そして、これまで語り得ずにいたあらゆる事柄を言語化して、代弁してくれるのだ。ジョン・フォックスという作家は、ぼくのひりついた気持ちこそが真実だと同意し、居場所を与えた。[※13]

内面化は右のようにして果たされる。

ただし、藤野千夜『少年と少女のポルカ』においては既に②の萌芽が見られる。もう一人の「同性愛者」ヤマダは、既に自分を「同性愛者」とするアイデンティファイが済んでおり、またタイトルからもわかるとおり、この小説においては、もう一人、ミカコという少女も主役の位置を獲得している。

三人が主人公という小群像劇の中で、かつて物語の中心を成していた「同性愛者たる悩み」は後景へと退きはじめる。

※11　藤野千夜、一一一―一一二頁。
※12　昭和三四年（一九五九）年、東京都に生まれる。昭和六〇（一九八五）年、『ベッドタイムアイズ』で文藝賞を受賞し、デビュー。昭和六二（一九八七）年『ソウル・ミュージック・ラバーズ・オンリー』で直木賞受賞。他の代表作に『蝶々の纏足』、『風葬の教室』など。
※13　山田詠美、二〇〇頁。

そして、『夏の約束』（一九九九年）に至ると、比留間や橋口の作品と同様、既に「同性愛者」として生活しているカップルが描かれるようになる。二人はもはやアイデンティティの悩みを悩んではいない。ただ、同性のカップルとして生きるには、世間の目が多少気になるというだけだ。①から②への移行の例はもう十分だろう。

しかし、こうして《種》としての「同性愛者」であることを受け入れた人びとは、次第にかつてほど身悶えするような葛藤を経験しなくなる。『少年と少女のポルカ』のトシヒコがアイデンティティ形成の上で感じるのは「一喜一憂」だった。『仮面の告白』全編を彩るあの深くて重い懊悩のトーンからはほど遠い。

内面化が済んでしまえば、苦しみはおのずと別のものになる。もちろん、世間からの目はまだ厳しいかもしれないが、それは所詮外部との闘いであって、自分自身をどう捉えるかという内面の葛藤は忘れ去られる。

そして進化は、ひとたび次の段階への移行を果たしてしまってからは、以前の段階に戻ることはできない。さらに、個体数が増えるにつれ、《種》としての存在がより明らかになる。

突然変異によって生まれた新種は、それだけでは個体として一代で死滅してしまうだろうが、同時発生した他の個体との間で子孫を設ける時にはじめて種としての生存が可能になる。同様に、一人ひとりの内側で醸成された《種》としての意識は、他の意識と連帯した時に《種》として完成する。

この過程は、「同性愛者」に限らず、一般にマイノリティとされるグループが自らを抵抗の主体として形成する時に共通するものだ。民族問題における「アイデンティティ・ポリティクス」と全く同じ構図がここに見られる。

差別者により与えられた「民族」という枠組み自体に反対するのでなく、むしろそこに依拠して自分たちのアイデンティティを確立し、抵抗の主体となる。たとえば、一九六〇年代の公民権運動の中で合言葉とされた「ブラック・イズ・ビューティフル」という標語は、「白人／黒人」の関係を逆転させようとはするが、「ブラック」を差別化された主体として立ててしまうかぎりにおいて、差別そのものを解消する方向には向かわない。

肌の色よりはもっと内面的で可塑性の高い問題であったはずの同性愛も、今やこの段階、すなわち《種》として自他ともに認められる段階に達している。そして彼ら自身は連帯し、みずからを抵抗の主体として形成し、抵抗される側としてはじめて前景化された「異性愛者」も、彼らの存在を受け入れつつあるように見える。「同性愛者」以前には必要のなかったこの戦術が採用されるようになったということは、「同性愛」そのものがそれだけ強い差別と抑圧の下に置かれるようになったということを意味する。

いずれにせよ、悩みは内から外へと移行した。もちろん、いまだ個体発生の過程で悩む個人は大勢いるだろうものの、その段階にいつまでもとどまることなく、はやく《種》としての脱皮を遂げて、連帯して外部と闘うことが正しいとされるようになった。

文学がこの間果たした役割は小さくない。個体発生の過程で生じる悩みを描き、あとから来る者に辿るべき道筋を教えてきた。『少年と少女のポルカ』のトシヒコが目にした「同性愛者の特徴の一つとして、同性愛関係の書物をたくさん読んでいると言うことが挙げられます」という記述の「同性愛関係の書物」には、たとえば『仮面の告白』なども含まれていたに違いない。『仮面の告白』の「私」自身が、自分を「同性愛者」としてアイデンティファイするにあたってさまざまな書物を渉猟していたように、「同性愛者」はある意味で、伝染するかのようなかたちで繁栄していく《種》であると言える。

しかし、個人の内面に関わるものとして、個体発生に際しての悩みを醸成し、それに《種》への移行というかたちでカタルシスを与えることには大きく貢献してきたとしても、文学はその役割をそろそろ終えようとしている。言い換えれば、もはや『仮面の告白』のようなタイプの「同性愛者小説」はもはや書きえなくなりつつあるのではないか、ということだ。

## 3　同性愛文学の未来

伏見憲明[※14]『魔女の息子』（二〇〇三年）は、『ＹＥＳ・ＹＥＳ・ＹＥＳ』と同様に、文藝賞を得た作品で、作者のデビュー作という意味では、前述の①（自分が同性愛者であるかどうかの葛藤に苦しむ者）に近いように思われるかもしれない。

たしかにこれは「同性愛者」を主人公に据えた小説であり、デビュー作ではあるのだが、しかし主人公が四十歳くらいであるという点で、これまで挙げたあまたの「同性愛者小説」のどれとも違う。

同性愛を内面の葛藤として悩むのは、アイデンティティの悩みがたいていそうであるように青春時代のことであり、三島以降の同性愛小説の主人公は若者だった。しかし『魔女の息子』は、たしかに実の兄から同性愛者であることを馬鹿にされたりはするものの、新しい《種》への移行はとうに済んでおり、主人公の最大の悩みは「老い」である。

主人公は、たしかに現在のじぶんに不満を感じている。なんとなく日々を送っているモラトリアムの延長のような生活で感じる悩みはアイデンティティの悩みだと言ってよいかもしれない。しかし、この悩みの中で「同性愛者であること」の位置は、以前の小説群に比べてあきらかに後景化している。

※14　昭和三八（一九六三）年、東京都に生まれる。評論『プライベート・ゲイ・ライフ』（一九九一年）で、自らをゲイという立場で同性愛について論じた。他の代表作に、評論『ゲイという経験』（二〇〇四年）など。

この作品が発表された時には、中年の同性愛者のリアルな記録としてまだ人の目を惹いたかもしれないが、作品の本質はそこにはない。中年にしていまだみずからの生き方に確たる方向が見出せず、そのまま老いていくことに対する日に日に増大する不安こそが、描かれていることの中心なのであって、たしかに「同性愛者」として生きることがより不安定な生活を強いるところはあったにしても、同様の悩みは、たとえばアーティストになろうとしたが、売れないまま齢を重ねていくというような大勢の人間たちが抱えていたものでもあるだろう。

つまり、この小説において、「同性愛者」であることは、重要な設定ではあるが、代替不可能なテーマというわけではない。たとえば、肌の色にかかわらず人は同じような悩みを悩むものだ、という意識に達してしまえば、文学は人種差別をテーマにしえなくなる。「同性愛者であること」も早晩同じような途を辿るだろう。それはもちろん望ましいことだ。

しかし、「同性愛者」の権利が認められた時に、同性愛にまつわる問題は全て解決されるのだろうか。それは新たな枠組として、そこからもこぼれ落ちる者たちを生んでしまうのではないだろうか。

環境に関わらず同性しかどうやっても愛せない人はいるかもしれない。だがそうだとしてもその人々を「同性愛者」として括る意味はない。異性しか愛せない人もいて、多くの人はその間を状況によって揺れ動く。「同性愛者」「異性愛者」という括りはその揺らぎを止めてしまう。「両性愛者」を間に入れたところで、本来の無限のグラデーションが、三分割という単純きわまりない図式に落としこまれてしまう。

たとえば村田沙耶香[※15]『ハコブネ』（二〇一〇年）は、ここから新たな突破口を切り拓こうとする野心作だ。ここでも、主人公を二人にすることにより、「同性愛者であること」を中心化しないための設定がなされているが、そのうちの一人、里帆は、男性との性関係にしっくりしないものを感じ、じぶんの内の「同性愛者」としての可能性に気づき、男装し、女性と交わろうとする。しかしそこでも満足を得ることはない。最終的に「性別を越えたセックス」を目標とする。よくあるような、「同性愛であること」に関するアイデンティティの悩みを経ながら、「同性愛者」という結論には至らない、珍しい例である。

一方、知佳子も男性との肉体関係に飽き足りず、植物園の地面に穴をあけ、そこに指を入れて大地と交わることに満足を得る。

ただし、里帆が手に入れたのは目標だけであり、そこに至る手段をいまだ見出しておらず、また、地球とのセックスというエンペドクレスも顔負けのエロスの意識をどれだけの読者が共有で

※15　昭和五四（一九七九）年、千葉県に生まれる。平成一五（二〇〇三）年『授乳』で群像新人文学賞受賞。その後、『ギンイロノウタ』で野間新人賞、『しろいろの街の、その体温の』で三島賞、『コンビニ人間』で芥川賞を受賞。

きるのかという問題も残っている。全体として観念的で、二人の意識に肉体を与えていくのは今後の課題だろう。

里帆は「ＦｔＸ」という名前を与えられて少しだけ安心する。たとえば「ＦｔＭ」とは「Female to Male」の略、すなわち「男性になりたい女性」のことで、「ＦｔＸ」とは「なんだかわからないものになりたい女性」「女性とか男性とかいうものでないものを目指す女性」ということになるが、これは『ＹＥＳ・ＹＥＳ・ＹＥＳ』や、『二十才の微熱』の「なんでもないものになりたい」という意識とも繋がっている。

ただし、村田が性を完全に十人十色のものとすることによって「同性愛―異性愛」のグラデーションとは異なる軸を導入したとしても、まだそれがどこかで《アイデンティティ》と結び合っていることも否めない。性は十人十色というだけでなく、一人十色ですらありうるのではないのか。つねにカテゴライズから逃げ出すような「なんでもないもの」。

ではいかにして「Ｘ」や「なんでもないもの」で踏みとどまりつづけるか。同性愛を描きつつ、それを点景でなくテーマとするには、この途しかないのではないか。ことばは本来名づけの道具だったとしても、文学の一つの重要な役割は、ことばを使いつつも安易な名づけに抗することだろう。抵抗すべきは、「同性愛者」に対する差別であるよりまず「同性愛者」という括りそのものではないのか。

たとえば、俗に『細川の血達磨』と称される芝居がある。正徳二（一七一二）年初演のこの芝居は、ある小姓と、それを見初めたがために武士の位を捨てた男が、小姓の主君や言い寄る女性の妨害をも乗り越えて愛を貫くという筋立てで、何十回も再演されていたが、明治に入ると、次第に男同士の愛はふさわしくないとのことで、小姓が腰元にすりかえられ、男女の恋物語へと作り替えられた。

はじめて女性に替えられたのが明治三九（一九〇六）年で、以来、小姓でなく武士の方を女性に替えた「女血達磨」など、男女ものの方が幅を利かせるようになり、昭和一〇（一九三五）年からはそれすらぱったり演じられなくなっていた。

それを平成一八（二〇〇六）年に、男同士に戻して大阪で復活上演する運びになり、四年後の東京での再演を私も観に行った。明らかにまわりの観客の層がいつもの歌舞伎とは違った。若い女性が非常に多く、演出もおそらく彼女たちの期待に応えるかのように、男同士の濡れ場をきわめて煽情的に描いていた。着物を脱がせる時に帯の端を持って相手を独楽のようにくるくると回し、障子の裏から影絵が熱烈なラブシーンを繰り広げる。従来の歌舞伎ではついぞ見たことのない低俗な演出で、演じる側も観る側も、すでに同性の間の愛を特殊なものとしてしか見ていないのは明らかだ。

ただ「復活」させるだけでは、初演当時のまなざしはとりもどしえない。普通でないから再演に値し、普通でないから普段観に行かない歌舞伎を観るという見方では、「同性愛者」から解放されるどころか、「同性愛」の囲い込みは強化されるばかりなのだ。

たとえば、「異性愛／同性愛」を二つの異なるカテゴリーではなく、一本の数直線の上のそれぞれ両極と捉え、個人をその線上で動く一個の点と捉えること。中には、片方の極に近いところで頑として動かない点もあるだろう。しかし、不動であることは義務でない。「同性愛」の側に位置する者も、「同性愛者」という括りから解放されれば、もう一方の極にあとで近づくこともあるのではないか。少なくとも川端も谷崎も志賀もそうだった。そしてその逆も当然ありうるだろう。ＬＧＢＴが両極間のグラデーションを認めるとしても、それを《アイデンティティ》と結びつけている限りは、それ自体が一つの拘束となりうる。数直線上の点は移動可能なのに、である。時間軸を見逃してはならない。それも《通過儀礼》的な〈同性愛↓異性愛〉という一方通行でなく、『燃ゆる頬』が示唆していたような、再び同じ場所に戻る、いや、自由に動くことのできる点。

ただ、「点は不動であるべき」というのは、同性愛に限らず、「アイデンティティ」というものがその語義からしても宿命的に抱える問題である。つまり「同性愛者」を《アイデンティティ》として捉えるかぎりは、そこから出ようとする抵抗は非常に難しいということだ。

だからあるいは、「アイデンティティ」そのものを攻撃しなければならないのかもしれない。

近代文学がその中核に据えてきたこの概念は手強いだろうが、しかし上野千鶴子のようにその制度疲労を訴える論者もいる（『脱アイデンティティ』）。

政治がある枠組を前提としてしか成立しないものだとしても、文学にはそれを支える必要もそこに乗る必要もない。たしかに文学は「アイデンティティ」というものを広め、「同性愛者」という囲い込みをしたことにもあずかるところ少なくなかった。しかし、築き上げた土台を崩すのも文学の一つの役割だ。括らないままことばにすること。それは、試験に例えれば、政治のように、選択肢をつきつけて迫る雑駁で乱暴さとは異なり、自由記述で丁寧に説明できるということでもある。

「異性愛者／同性愛者」の間にもう一つ「両性愛者」を置いたとしても、あるいはまた「LGBT」のように括りをどんどん細分化していっても、それが《種》であるかぎりは所詮は選択肢を増やすに過ぎない。そうではなく、カテゴライズの罠にはまらない、自由な「同性愛」文学はいまだ可能性として潜在するにすぎない。「同性愛者」を擁護するだけでは、その可能性を芽吹かせないどころか、文学自体が一つの抑圧装置となってしまうこともありうる。たとえば愛する二人のためにあるはずの「結婚」が抑圧装置ともなりうるように。だからこそ、結婚は今、次第にその価値を逓減させているが、それを救うのは「同性愛者」たちではないかと思われる。しかし、それもまた容易に《種》の強化の一手段となりうるのだ。

# 第三章　女性同性愛の文学

## 1　レスボス島のサッフォーはレズビアンだったか

渋谷区で二〇一五年に始まった同性間の「パートナーシップ証明書」の第一号取得カップルは、それに先立ち、東京ディズニーリゾート（ＴＤＲ）での同性間結婚式を挙げた第一号でもあった。二〇一三年のことである。片方が元タカラジェンヌで、場所が「夢の国」ＴＤＲということもあり、広く海外でも報道された。

これに自分の夢を重ねた女性カップルは多かったかもしれない。異性間において結婚が古い制度として流行遅れになりつつある中、しかし同性カップルにおいてはむしろ結婚こそが「夢」だというのが今の現実なのだろう。

しかし言うまでもなく、結婚は人為的な制度であり、つまり政治的なものだ。どの場所で式を挙げるかということにも否応なく政治は絡みついてくる。TDRが選ばれたのは、結婚という散文的現実から束の間逃避するためではなく、むしろ社会全体への宣伝効果をねらった政治的深謀遠慮に基づくものだったのかもしれない。

だが、政治とはなんとも厄介な代物で、利用しようとしている当人が実は逆に利用されてしまっているということもままある。大々的な結婚式や披露宴は彼らの政治的自由(liberty)をかちうるのに役立つように見えて、実は彼ら自身に見えない枷を嵌めているのではないか(ちなみに、ここは「彼ら」でなく「彼女ら」とすべきだろうという意見もあるかもしれないが、この際、西洋語にあわせて造られた「彼女」ということば自体が廃されるべきではないか。そもそも「かれ」は男女の別のない三人称であり、鷗外も漱石も女性を指して使っていた。「彼」から「彼女」が後に派生すること自体に、旧約聖書のアダムとイブにおけると同じ政治性が潜在している)。

「レズビアン」の祖とされるサッフォー自身は現実の政治を避けたと伝えられる。その点、同じ島に暮らし、サッフォー[※1]と互いに詩をとりかわしたアルカイオスとは好対照である。彼はレスボス島の政争に深くかかわり、結果として、遠くエジプトへの亡命を余儀なくされた。断片しか残っていない彼の詩には愛する少年への想いを謳うものもあるが、多くは政治や軍隊に関わるものだったと言われている。

対してサッフォーが少女たちへの愛を高らかに謳いあげながらも、詩に政治を持ちこまず、実際に政治に関与した様子も全くないのはなぜか。

もちろん、アルカイオスが男で、サッフォーが女だったからだ。ギリシャは、民主主義発祥の地でありながら、参政権のあるのは男性だけで、女性が政治に容喙する余地は基本的になかった。サッフォーがその状況を変えるべく運動した痕跡はない。一種の女子校を作って文学、藝術を教えたとされるだけである。少女たちはそこで、結婚という政治制度に組み込まれるまでの間を、サッフォーの教えを受けて過ごした。いざ少女たちが妻となるべく学校を去る際の別離の苦しさを謳った詩がサッフォーの本領とされている。

かく政治的には無力だったサッフォーをめぐる人間関係が、その学び舎のあった島の名に因んで「レズビアン」と呼ばれるようになったのは言うに及ばぬことだろうが、サッフォーをはじめとする島の女性たちが今言うところの「レズビアン」であったかといえば、それは大きな疑問である。

サッフォー

※1　紀元前七世紀から六世紀にかけてのギリシャの女性詩人。レスボス島に若い女性のための学校を作ったとされる。女性に向けた情熱的な恋愛詩を残した。

そもそもLGBTの筆頭にくる「レズビアンLesbian」は他の三つとは命名の方法がまったく異なる。「ゲイGay」が「陽気な」、「バイセクシュアルBisexual」が「両性性愛の」、「トランスジェンダーTransgender」が「性別を超える」と、それぞれ語の内に意味を含んでいるのに対し、「レズビアン」だけは固有名詞に由来する。本来は「レスボス人・レスボス島民」を指し、われわれが現在用いる意味をなんら示唆しない。実際、現在レスボス島に住む人々は困惑し、二〇〇八年には島民の一人が女性同性愛に「レズビアン」の語を使用することを禁止するよう訴訟を起こした。

しかし、ここで問題にしたいのは島民たちの思いではなく、われわれの用法で「レズビアン」と呼ばれる人たちに関してである。というのも、「レスボス人」という語源からして、他の三つとは異なり、彼らははじめから変更不能な「人種」として括られているからだ。

仮に「レズビアン」を、女性と生まれ女性をしか愛せない者とする場合、その名をあてはめられたサッフォー自身も異を唱えはしなかっただろうか。夫も子どももあったと言われるサッフォーは、自らを女性をしか愛せない《人種》とされて困惑するのではなかろうか。

前章までで、数多くの文学作品を時間軸上に並べることで、日本近代における同性愛の扱いが、《趣味・嗜好》↓《通過儀礼》↓《病》↓《アイデンティティ》↓《人種》という変遷を辿って現在に至るということを見た。しかしそれは男性同性愛に限ったもので、女性同性愛については一言もしなかった。

「同性愛」という一つの括りの中に女性のそれを置いて論じることが全く不可能だったというわけではない。しかし、主流たる異性愛に対して同じく傍流であり、自らと同じ性を愛する点でも等しいとはいえ、女性同性愛は男性同性愛とはずいぶんと異なる史的経緯を辿ってきた。理論的には全く同じ展開を遂げてしかるべきと思われる両者の間のこの差異自体が、同性愛が生物学的・医学的問題であるよりもすぐれて政治的なものであることを示している。

男性同性愛においては《人種》としての表象はいわば最終形態だったのに対し、女性同性愛を示すにおいては「レズビアン」の語しかなかったということからして大きな問題だ。日本語には、「男色」や「衆道」、「龍陽主義」という男性同性愛に関する術語は古くから豊富で、しかもそれはある種の人間をカテゴライズすることばではなく、《趣味》や《嗜好》を示すものだったのに、女性同士に関しては全くといっていいほどそうした語彙が見当たらない。「男色」に対して「女色」はあるが、言うまでもなく後者は男性が女性を愛することであり、明治時代の学生の間で語られた「硬派」／「軟派」もまた、「男色」／「女色」と同じ関係にあった。語彙のレベルでも見られるこの明らかな非対称は、性愛に関する主体がつねに男性の側にあった、ということを如実に示している。

だから当然、女性が主体となる女性同性愛に関しては、それを語る語彙ばかりでなく、それを描く文学作品も極めて乏しい。男性同性愛に関しては、逍遥以来、鷗外、漱石、志賀、武者小路、谷崎、川端、堀、福永、太宰、三島……と、錚々たる面々が赤裸々に書き継いできたのだが、女性に関しては、女性作家の数の少なさを措いてもきわめて限られている。つまりそこには何重もの隠蔽がある。男性同性愛に関する欲望はあからさまに作品の中で屹立していたのに、女性のそれは奥深く幾重にも包み隠されてきた。

《趣味・嗜好》→《通過儀礼》→《病》→《アイデンティティ》→《人種》という、男性同性愛において比較的明瞭に辿ることのできた図式を、女性同性愛にそのまま当てはめることはできない。あらかじめ言ってしまえば、女性同性愛は男性同性愛にはない三つの抑圧を受けたからだ。その抑圧が女性同性愛の様相を複雑にし、隠蔽する。

それで、数少ない作家の限られた作品に被せられた薄皮を丹念に一枚一枚剥いでいくことによって、女性同性愛文学の過去・現在・未来を見通してみたい。男性同性愛の五つの段階と、女性同性愛に特有の三つの抑圧はどのように関係するのだろうか。

浮かび上がるのは、性と〈自我〉と〈自由〉の問題であり、またそこに自ら招き寄せる抑圧の問題である。幾重にも折り重なった抑圧は、自らを抑圧と感じさせないほどに錯綜した生政治のそれとなっている。一つの〈自由〉が密かにまた一つの重大な抑圧を生みうる。

今の目で見れば「レズビアン文学」としか読めない作品群は、果たして書いた当人の、あるいは当時の読者認識と等しいだろうか。

## 2　政治の季節

宮中や大奥など、女性ばかりが多く集う場所で愛情関係や性愛関係が全く生まれなかったと考える方が難しい。しかし、描かれたのは先述のとおり男性が主体となるものばかりで、女性同士の性愛は、鎌倉時代に成立した『わが身にたどる姫君』の中で、水尾（清和）天皇の皇后が密通によって生んだ姫御子が皇妃となるまでの本筋に添えられる点景として扱われているくらいのものだ。

ただし、特別な二人だけでなく、何人もの女性たちが参加するここでの性愛関係の描写は、名づけられもしないままであっても女同士の愛がひっそり育まれていたことを示している。作者不詳とされているこの作品は果たして女の手になるものか男の手になるものか。それによっては女性による女性の女性への性的愛情を描いた稀有の作品ということになるのだが、文体だけで作者の性別を判断する力は私にはない。今後の研究が待たれるところだ。

結局、平安朝以降、女性同士の愛について女性自身が公に語るようになるのは明治に入ってからのことだ。それはもちろん、同性愛ということに関してという以前に、女性が自らの恋愛に主体的に関わりそれについて語ることへの禁忌にもとづいていた。さらに言えば、あらゆる意味で女性が主体となること自体が社会全体で忌み嫌われていたのだが、それを変革するとば口は、社会運動よりまず文学から開かれた。

たとえば女性活動家として知られる平塚らいてう[※2]は、しかしまず小説家として立とうとしたのであり、『青鞜』[※3]はまずなにより文藝雑誌であった。当時女性にとって恥じることのない数少ない職業の一つが小説家だったからであり、その意味で、日本において文学抜きに女性の自立について語ることはできない。しかしまた、当然そこに集う人々は濃淡の差こそあれ政治的意識を持っていた。

らいてうをはじめとし、社員、賛助員すべてが女性だけで構成された青鞜社には、女性解放の明確な旗印があり、ということは自分たちの抑圧者たる男性に対しては少なからず不信や嫌悪があってしかるべきだった。さらにはそこに女性の間だけの特別な連帯が生まれるのもまた必然であり、女同士の絆が恋愛や性愛へと繋がることにもそれほど不思議はなかった。

明治四四（一九一一）年の結社の翌年に、らいてうに憧れて入社した十九歳の尾竹一枝[※4]は、その後、らいてうに年下の男の恋人ができたことに対して嫉妬の炎を燃え上がらせ、二人の関係を『青鞜』誌上で暴露するばかりか、男に対して脅迫状を送る騒ぎを起こした。らいてうが以前に森田草平[※5]と起こしていた心中未遂行は、漱石のはたらきかけもあって森田自身により『煤煙』という作品に昇華され、これによって森田はからくも世間からの非難を躱（かわ）したが、一枝は自身の

森田草平

『青鞜』

平塚らいてう

ことの顚末をうまく作品化することもできず、この件はたんなるスキャンダルにとどまった。一枝は退社に追い込まれ、さらには『青鞜』全体に世間からの非難が浴びせられることになった。社員たちの求めた解放された「新しい女」とは、「ふしだらな女」の意味で解されるようになってしまったのだ。

※2　明治一九（一八八六）年〜昭和四六（一九七一）年。東京女子高等師範学校附属高等女学校（現・お茶の水女子大学附属高等学校）を経て、日本女子大学校（現・日本女子大学）家政学部に進む。後に生田長江を介して「閨秀文学講座」で森田草平と出会う。

※3　平塚らいてうを中心に、明治四四（一九一一）年に創刊。大正五（一九一六）年の終刊まで五年間で五十二冊を発行しただけだが、日本の女性解放運動に果たした役割は大きいとされる。

※4　明治二六（一八九三）年〜昭和四一（一九六六）年。女子美術学校日本画専科中退。青鞜社退社後、大正三（一九一四）年に藝術雑誌『番紅花（サフラン）』を自ら創刊。同年、陶藝家の富本憲吉と結婚。

※5　明治一四（一八八一）年〜昭和二四（一九四九）年。第一高等学校を経て、東京帝国大学文学部英文科に進む。妻子を岐阜の郷里に置きながら、らいてうと起こした心中事件は、場所の名をとって「塩原事件」と言われる。この事件を作品化して朝日新聞に載せることで森田は作家としてデビューした。

これは女性同性愛史において重要な事件としてしばしば語られる。二人の間、すくなくとも一枝の方に強い恋愛感情があったことは疑いない。らいてうは後に、自殺を図った一枝に関し、「それはわたくしに対して示された、いじらしい愛の証しを語るもののやうでありました」と述べている。[※6] しかし、当時これが大スキャンダルになったのは、ひとえにそれが同性愛にまつわるものだからだったのだろうか。

らいてうという同じ一人の人間を愛し、妻子ある身で心中行に出た森田が、そのことを逆手にとって文壇にのしあがったのとは逆に、一枝が青鞜社を追われたのはたしかに対照的だが、後者ばかりがいつまでも非難の的となったのは、女性同性愛が関係していたからなのだろうか。ここに絡みついた政治性をときほぐすのは非常に難しい。咎められたのは、同性愛だからなのか、女性が自らの恋愛について主体的に語ったからなのか、嫉妬の渦巻く三角関係だからというだけなのか、すでに一度スキャンダルの主となり、世間から注目されていた平塚らいてうが中心にいたからなのか。

もちろんそのすべてが関係しているに違いない。ここには男性同性愛の時には見られなかった複雑さがある。

尾竹一枝という人物の個性の強さもあるだろう。一枝は「紅吉」なる男名を筆名とし、長身に矢絣の着物、そこに角帯と雪駄で男装し、日本画家の叔父、尾竹竹坡に伴われて吉原に登楼するなど、性別を越境する振る舞いを見せて、それだけでも人々の耳目を集めていた。

しかし非難の中心はあくまでも別のところにあった。現在を考えてもそうであるように、女性の男装は男性の女装に比べてそれほどの逸脱とは捉えられていなかった。男装の一枝を思い浮かべるのはそれほど難しいことではないが、たとえば逆に、森田草平が女装して街を歩く姿が想像できるだろうか。男装の麗人はあっても、その逆はありえなかった。

もちろんここから、女性の方がより自由であったと思うなら、早計の誇りを免れない。男性の女装が許されず、女性の男装が許されるとすれば、その表面的な自由の裏にはむしろ、男性の方が優位にあるという隠れた前提が潜んでいるからである。下の者が上を目指すのは当然としても、上の者があえて下の者の真似をするのは愚かしい墜落だからなのだ。男装は「麗人」になりうるが、逆は必ずしも真ならず。男装の女性にそれほど不自然さを感じず、女装の男性に生理的な違和感を覚えるならば、それは「自然」の問題では決してなく、政治的な問題である。

だから、この三角関係がスキャンダルになったのは、それが今で言うトランスジェンダーを含んでいたからという部分よりは、既になにかと世間を騒がせていたらいてうがまだ世間知らずの若い男女を巻き込んだのだと解された部分の方が大きかっただろう。男性が女として振る舞った

※6　平塚らいてう、二七九頁。

上での三角関係だったならばまた別の非難もあっただろうが。

平塚らいてうという女が恋の主体となり、若い男女を手玉に取る、さらにはそこで激情した女がそれについて公に発言する。世間が忌んだのはなにより恋の手綱を女性が振りまわすこの振舞いに対してであった。同性愛に対する嫌忌を必要以上にここに読み込むべきではない。より重要なのは、男性と女性との間にあった政治の力学である。差別や抑圧のまなざしは明白だが、それは同性愛に向けられたものというより、〈男／女〉の〈支配／被支配〉関係の秩序を乱すことへの怖れに基づくものだった。もちろんそれは主に男性のまなざしだったが、既成の秩序を内面化していた女性たちのそれでもあった。

前述したように、日本文学において同性愛ははじめから異常性の徴を帯びていたわけではなかった。そこで論じたのはあくまで男性同士の関係に限ってのことであったが、『青鞜』もまた、同性愛を何らかの逸脱として捉えるようなことはしていない。一枝は青鞜社の仲間たちから逐われたのだ。それは青鞜全体の評判を地に落としたからなのであり、そこにらいてうというスターをめぐる女同士の恋の鞘当てめいたものが仮にあったとしても、問題の原因が同性愛だからということにあったのではない。

文藝誌であった『青鞜』に載った藤岡一枝[※7]『初恋』（一九一二年）は次のようにはじまる。

唯、訳もなくその女を見るのが望ましくって、その女の傍を去りかねるような思いに迫られるのを恋と云うのならば、私の初恋は恐らく、おいとさん――その女の名でした、――おいとさんなのだったでしょう。

おいとさんは其の頃二十四とか云ってました。背も秀削として女としては高い方ですし、色の浅黒い細面の、鬢も前髪も詰り加減な銀杏返しに結って、始終鯉口のようなもの許り着ていました。[※8]

少女の一人称で、近所の貸本屋で店番をする女性に対する思慕が語られる。習い事の帰り道に立ち寄っては話をするだけの淡い関係であるが、語り手がこれを「初恋」と呼んでいることが重要だ。

藤岡一枝

※7　明治二一（一八八五）年～昭和五四（一九七九）年。本名、物集和子。跡見高等女学校卒業。元は姉が青鞜社に参画するはずだったが、外交官との結婚が決まり、代わりに紹介され、社の創設に関わる。『青鞜』に「お葉」などを発表。

※8　藤岡一枝、二〇二頁。

まず、同性への気持ちを「恋」と呼ぶことが、いたずらに読者を愕かしめるためでないということ。一人称ではあるが、三島の『仮面の告白』のように、同性愛のカミングアウトを売りにした煽情的な作品では決してない。むしろ、語り手が十年ほど前を甘酸っぱい思いとともに振り返る、静かな懐旧の物語である。『青鞜』周辺にいた女学校経験者たちにとっては、同様な思いを掘り起こすものだったのではなかろうか。

語り手の少女は、この後ずっと同性への愛を貫くわけではないだろう。それほどの強い想いや意志は作中からは読みとれない。これが自分自身の体験に基づくものかどうかは措いて、作者はここで同性を慕う感情を疚しいものとして押し隠そうとしたりはしていない。

ちなみに作者の藤岡一枝は、尾竹一枝とは全くの別人である。本名を物集和子といい、高名な国学者、物集高見の娘で、青鞜社設立メンバーの一人。青鞜社ははじめ物集邸の和子の部屋に置かれていた。しかし、荒木郁の『手紙』が姦通を描いたために『青鞜』が発禁処分を受けると、物集高見は青鞜社を自邸から追い出し、娘和子も社を辞めるしかなくなった。藤岡一枝はそれゆえの筆名だったのであり、自作「初恋」発表に関してなにか疚しい思いを抱いていたためではない。

藤岡一枝こと物集和子は後に放射線医学者、藤波剛一と結婚する。『初恋』の語り手もまた、「初恋」がたまさか同性に対するものであり、後には異性と結ばれたのではなかろうか。

ほぼ同時期に書かれた、漱石の『こころ』が思い出されるべきかもしれない。上篇で「先生」

は自分を慕って毎日のように家を訪ねてくる「私」に、それが「恋に上る階段なんです。異性と抱き合う順序として、まず同性の私の所へ動いて来たのです」と言っていた。「私」にとっての「初恋」は、海岸で見つけた年上の男性だった。

ここでは、女性も男性も、恋の手はじめとして同性に焦がれることがなんら異常なこととして扱われていない。むしろどちらも恋の《通過儀礼》として描かれている。

ちなみにもう一人の一枝、尾竹紅吉は、男と恋に落ち、結婚した平塚らいてうをあれだけ責め詰っておきながら、そのたった二年後には自身も陶藝家、富本憲吉と結婚した。一枝のらいてうへの熱い思いは、本来のそれと同じように大きな苦痛を伴う《通過儀礼》だったのだろう。

この時期の女性同性愛表象に対する世間の批判は、同性愛そのものに対してというよりも、男／女という既成の秩序に罅（ひび）を入れかねないことに対する恐怖を廻る政治的なものであった。

## 3　「性」の萌芽と抑圧

では、女性同性愛と男性同性愛とは、同性愛という点では全く同格に扱われ、ただそこに抑圧があるとすれば、それは男／女の政治的不均衡の現れだと解すべきなのだろうか。

作品を見比べれば、たしかにこの時期の同性愛表象は男女ともに未だ異常の烙印を押されてはいないものの、やはり男性同性愛と女性同性愛との間には差が見られる。女性同性愛は男性同性愛にはない抑圧を受けていた。

『青鞜』には、先述のように男女の性関係について言及のあるものも載っていたが、藤岡一枝の『初恋』には、それが「恋」であることは明言されていつつも、性的なニュアンスは一切抜け落ちていた。流れてきて貸本屋に転業する以前は母親と待合をやっていたという、主人公の「初恋」の相手は、性的な香りを身に纏わせていただろう。実際、そのせいで主人公は親から貸本屋への出入りを禁じられる。しかし、主人公自身はその禁止を不条理なものとしか受け止められない。無垢な思いだけを寄せているようにテクストの表面では描かれる。実際には相手の寂しい色香に惹かれていたかもしれないのに、主人公に寄り添った語りはその香りを完全に脱臭している。これは一種の無意識の抑圧だったのではないだろうか。

しかし、たとえば田村俊子[※9]は誰より早く女性の性についてあけすけに語った女性であった。さらにその性的な関係の中には女性同士のそれも含まれる。文壇デビューのきっかけとなった『あきらめ』（一九一一年）には二組の女性同性愛的関係が出てくるが、片方は主人公が憧れ、もう片方は主人公が憧れられるという二つの片恋の物語である。

主人公の富枝は女子大に学び、文学を志して応募した懸賞脚本が見事に当選し、しかしそれによって大学を辞めざるをえなくなる。良妻賢母を育てる場所に、小説はふさわしくないというのである。老いた田舎の祖母の面倒を見るためもあり、せっかく花開きかけた文筆の道、都会での生活を「あきらめ」るまでの過程を描いているが、逆に田村自身はこの作品によって筆で立つことができるようになった。

問題はすべて生活にあった。女たちにとっては、野望も恋愛も、「家」からの要求と自分の生計上の要求とを満たした後でしか考え得ぬものであった。田村は寛容な家と多大な収入とに恵まれた稀有な例外なのであって、富枝のように「あきらめ」るしかなかった女性たちの方がよほど多かっただろう。そういう現実を写していればこそ、『あきらめ』の評価は高かったのだ。

富枝は「家」の要求に屈して、自立の野望を挫かれるが、「あきらめ」たのはそれだけではなかった。三輪という美しい同窓生に憧れながら、女優となったその人が男の金で洋行するのを聞いて幻滅する。舞台を通じて立派に自立しているように見え、結局のところ男に頼っている三輪本人に対する思いばかりでなく、女性というものの立場に「あきらめ」を感じたのかもしれない。

二人の仲は、一度ともに入浴した際に、三輪の膚の美しさに富枝がどぎまぎするだけの妖しくも淡いところで終わっている。

田村俊子

※9　明治一七（一八八四）年～昭和二〇（一九四五）年。東京府立第一高等女学校を経て、日本女子大学校（現・日本女子大学）国文科中退。一時、花房露子の名で舞台に立つも、『あきらめ』が大阪朝日新聞懸賞小説一等となり作家としてデビューを果たした。

一方、もう一組の関係、富枝に熱烈に恋い焦がれる染子との仲はもう少し濃密だった。染子のブレスレットには二人の頭文字TとSとが彫られ、ブローチの中には富枝の顔写真が納められていた。

あるいは染子は富枝に人形を見せて言う。

「ね、この人形の口が動きさうでせう。眼がお姉様を見てゐませう。このお人形のなかに私の心がはいつてゐるんです。お姉様が恋ひしいつて泣きますのよ。」[※10]

ここまで想われて、富枝としても憎かろうはずがない。

染子は然う云つて人形を撫でた。富枝はいきなり染子の手を取つて其の甲に接吻した。染子は赤い顔をして富枝の袖の内に顔を埋めながら、

「沢山して頂戴。」

と云つた。[※11]

藤岡一枝の『初恋』に比べれば恋のいろはははずいぶん先へと進んでいる。とはいえ、染子がそ

れより歩を進めることを望んでいたとしても、富枝は応えない。応えられない。だからこそ、祖母の世話のために田舎に引っ込む。

富枝が染子を完全に受け止められない一つの大きな要因は、あらかじめ釘を差されていたからだった。富枝の恋ははじめから呪詛されていたのだ。少し長いがその場面を引こう。姉夫婦の許に暮らす富枝の家を染子が訪ねて帰った後のことだ。都満子は姉、緑紫が義兄である。

> 文藝会の時、自分の作つた早子姫を染子が演じてからは、富枝の方から染子の自分への熱の猶猛烈に燃えてくる様なことを好んで書いて送つたこともあつた。
> 其様(そんな)ことを思つて、富枝は恍惚とした。小雨の降る中を帰つて行つたが今夜も自分を恋ひしがつて、寝られないと云ふのだらうか、と唯哀れに〳〵なつてくる。晩に床へ就くまでの時間に間に合はせて、手紙を送つて喜ばしてやらう、と其人の移香の消えずにゐる机によつて、紫姫へと書き出して、自分は今夜紫色の夢を見度いと思ふ、濃い紫に包まれて、紫の中を彷徨して、紫の色に憧憬れる夢が見たい、と書いた。笑ひながら都満子が其所へ入つてきた。

※10　田村俊子a、九七頁。
※11　田村俊子a、九八頁。

「今来た人は、お前さんに惚れてるの。」

「何故。」

「でもね、兄さんがお前さんに今の人は惚れてゐるんだと云ふからさ。女が女に惚れるつて有るかしら、妾生れて初めて聞いたわ。そんなこと。」

「いやな事を云ふぢやありませんか。そんなのぢや無いわ。」

と忌々しさうな顔をする。

「そりやね、姉さんにしたいとか何とか云ふのなら無理とも思はないけれど、真逆女が女に惚れやう道理がないぢやありませんか。兄さんも余つ程変なことを云ひ出すよ。」

「直に兄さんは然した方へ解釈するのね。実に低趣味よ。」

「恋さ。恋でなくつて何だ。」

と隣室の方で緑紫が云ふ。

「あの人の、お前さんは恋人。」

と都満子は口を開けて笑ふ。結ひ立ての丸髷が薄暗い座敷に落ち着いた艶を見せてゐる。もう少し紫の色の影をそつくりしておきたかつたと富枝は口惜しい気がする。毒々しい赤い色だの汚らしい泥色だのが流れて来て、美しい紫の色を塗り隠して了つた、と気が苛々した。

「目の覚める様な人ね、彼様人に思はれるならいゝわね、思はれ甲斐があつて。貴君なんぞは一時でもいゝから富枝さんに一寸代りたいでせう。」

と冷かす。

「まつたくだ。彼様ことを云はれた富枝は何様顔をしてゐたか、其れが見たかつた。」

と笑つてゐる声がする。

富枝は黙つて、手紙を封じて了ふと、姉に見せない様にして上書を走り書きする。泥濘を踏む車夫の足音を現なく聞いて、紫の人の思ひは此所に通つてるのだらう、と富枝は薔薇の匂をなつかしんだ。[※12]

手紙は出されたのだろう。しかし染子がそこに並んだ文字を見て、かえって眠れぬ夜を過ごしただろうその時には、富枝の気持ちは既にその場所にはなかった。姉に対して言ったことばを染子が聞いていたとしたら、どれほど手ひどい裏切りと感じただろうか。「女が女に惚れる」ことを「いやな事」と言い、自分たちは「そんなのぢやない」ときっぱりと否定する。さらには「低趣味」だとまで、染子の手に接吻したその口で言うのだ。

たしかに他人の淡い恋心を探り出そうとする義兄の行動は、同性愛かどうかにかかわらず「低

※12　田村俊子a、六六頁。

趣味」なのかもしれない。しかし、興味本位ではあれ、女性同性愛を受け入れている義兄に比べて、その存在すら知らない姉は、悪意がないだけに逆に極めて根深い差別を生み出す。

まだ確たる信仰を築きえないでいる富枝にとって、姉の差し出す無意識の踏み絵を踏むことにそれほどの罪悪感はなかったのかもしれない。しかし、かくして衆目のあるところで絵を踏んだ以上、絶対の信仰を捧げる芽はあらかじめ摘まれてしまった。呪詛は自らの口から発せられたのだ。

しかし、これは一人富枝だけが犯した罪だったのだろうか。同性愛が異常視されて以来、しかもその異常視こそが「常識」だとされて以来、その「常識」に合わせようとして自分の中に萌えた芽を自ら摘んだ者はどれほど大勢いたのだろうか、想像を絶する。

この点では一見、女性同性愛も男性同性愛も事情は変わらなかったように思える。しかしやはり、女性たちの方が抑圧は強い。姉からの無知の抑圧がそれを示している。富枝にとって実の姉であるにもかかわらず、「女が女に惚れるつて有るかしら、妾生まれて初めて聞いたわ。そんなこと。」と言うのは決して無知を装った当てこすりではない。本当に存在をすら知らないのだ。姉にとっては異性愛だけが「自然」である。一方、富枝がそれを知るばかりか自らそこに一歩を踏み入れようとしえたのは、同性愛が遺伝的問題であるより教育的問題であることを示している。

若くしてすぐに嫁入りした姉と異なり、富枝は女学校を経て女子大に進んだ。そこで三輪のような凛とした美しさ、染子のようないじらしい可憐さを備えた同性に出会ったというばかりでなく、女性同士の間に芽生える愛のこともまた遠く近くに目にし耳にしたのだろう。そこで「自然」に同性への思いが育まれた。ただ、それは学校の塀の中というきわめて小さな世界での自然でしかなかったが。

そして女性の学問の価値は、それほどに尊ばれてはいなかった。当の女学校の中でさえそうであった。富枝の通う学校の校長の教えは「絶対に世に出るな、甘んじて犠牲になれ、隠れて奮闘せよ」というものであった。

富枝もその価値観を受け入れてしまう。だから妻となり母となっている姉の無知の「自然」の方が学生である富枝の「自然」に対して「自然に」支配的に振る舞えるのだ。男子学生・書生たちの間の「龍陽主義」や「硬派」が学生たちの中で敬されたばかりでなく、彼らの風俗として学校の塀の外へいわばカミングアウトできる時代があったのとは対照的に、女性同性愛は女学校の外へ出ることを許されなかった。ここにも男性／女性の政治が潜んでいた。

その後、富枝が染子に対する欲望を自覚したとしても、それは自らによって掻き消されねばならなくなった。

　新聞を持つて立上ると、前の姿見に染子の姿が映つてゐた。富枝は振向くと縁の柱に立つてゐた染子の傍へ行つて其の手を取りながら、

「何うして。」

と其の赤い耳朶に口をよせた。

「何故傍へ来ないの。」

斯う聞いた富枝も、自分の胸が騒いでるのを知つてゐた。

富枝は牛乳の滴つてゐるやうな染子の頬を吸つてやり度いと思つた。さうして、染子の羞恥を含んだ風情を見度いと思つた。

「ね。」

と何がなし自分の望んでゐる事を求める様に、其の肩を揺ぶつたが、染子は黙つて下を向いてゐた。

「何か仰有い。」

と富枝は再び其の肩を押すと染子の下げた髪が背と柱の間から外れて富枝の胸へばらりとかゝつた。

眼の瞼に残つた薄い白粉もしほらしかつた。息が機んでゐるのか赤い唇を半開けてゐた。染子の眼は、もう恋を知つた眼の様に、情の動く儘に閃いてゐた。富枝は其れを凝乎と視てゐるうちに、何となく秋成の物語りを思ひ出してゐた。※13

何かが起こりそうな予感で読者を惹きつけておきながら、富枝の欲望は上田秋成[※14]によって遮られる。典拠は示されていないが、ここでの秋成とは『雨月物語』の中の一篇『青頭巾』のことで、僧がおつきの小姓を愛するあまり、病死した小姓の肉を喰らい鬼になる、という話である。たしかにこの僧の少年愛は呪われたものではあるが、これは決して同性愛だからというわけではなかった。同じ『雨月』のたとえば『菊花の契り』を見れば、秋成が同性愛をむしろ高く評価していたことが分かる。僧が堕ちていったのはあくまで色欲という妄執の深さが原因だった。

このおぞましき物語が思い出されて富枝の欲望に水を差すのだが、しかし、そもそも富枝にとって染子はそこまでの執着の対象ではなかった。性欲そのものを禁忌とする規範意識がブレーキをかけたところもあるだろうが、しかし、姉との最前のやりとりを思い出すなら、「女が女に惚れる」という「いやな事」に進みそうな自分を自分で呪ってしまったのだと解すべきだ。

自身の同性との共同生活を描いた宮本百合子[※15]の場合も、少なくとも作品の中では性は忌避され

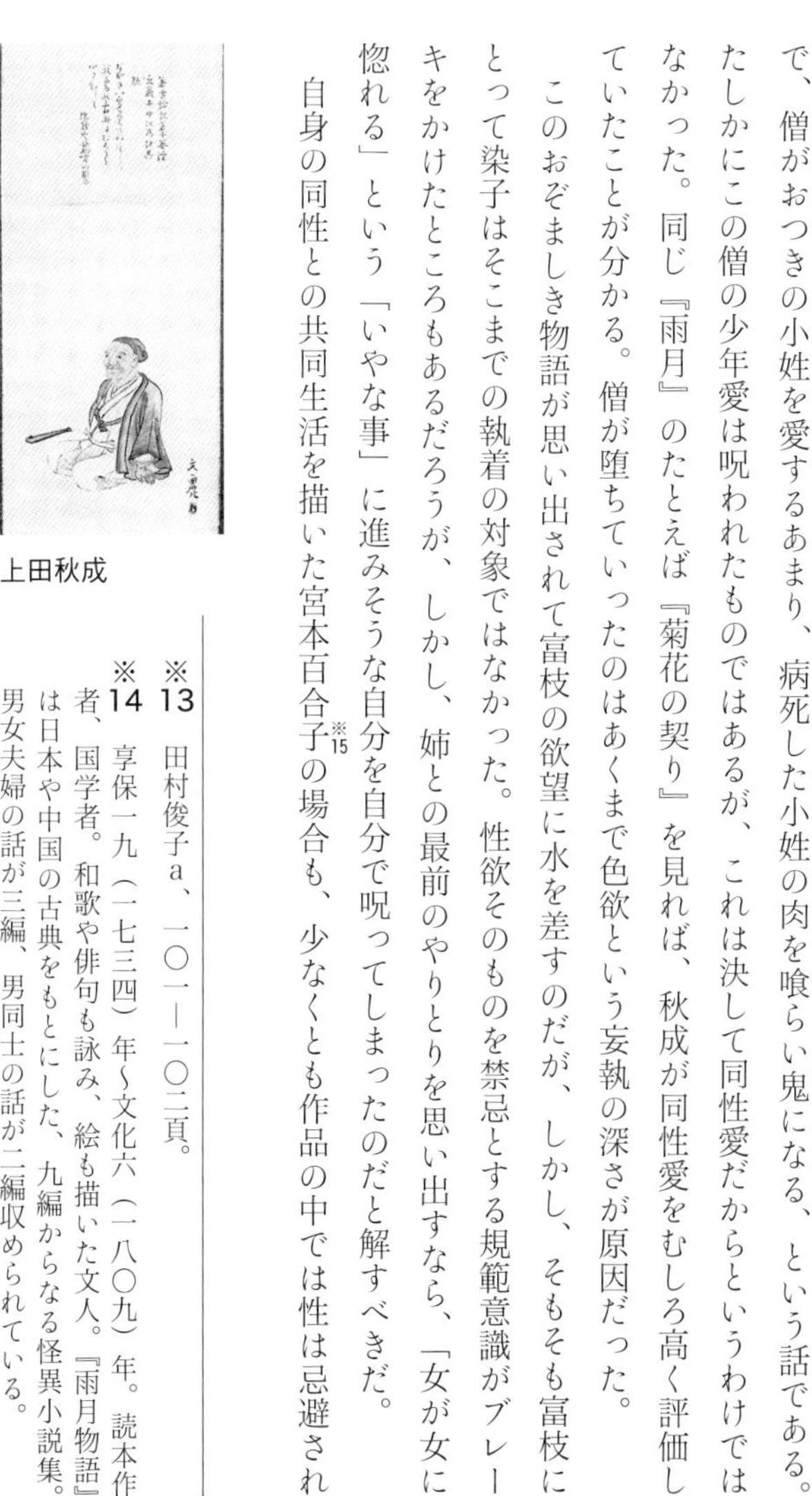
上田秋成

※13　田村俊子a、一〇一―一〇二頁。

※14　享保一九（一七三四）年～文化六（一八〇九）年。読本作者、国学者。和歌や俳句も詠み、絵も描いた文人。『雨月物語』は日本や中国の古典をもとにした、九編からなる怪異小説集。男女夫婦の話が三編、男同士の話が二編収められている。

ている。『伸子』(一九二四〜二六年)、『二つの庭』(一九四七年)、『道標』(一九四七〜五〇年)のいわゆる「伸子三部作」として、主人公の成長を辿るものだが、第一部『伸子』では主人公の結婚と破綻が物語の中心で、後の同棲相手、素子は終幕にやっと姿を現すだけである。

作品全体が、既に破局を知った者の視点で書かれているためか、恋をして自らプロポーズをする前でさえ、男女関係と結婚とに対する冷たい懐疑が主人公を包んでいる。

人々は皆結婚する。男も女も結婚する。結婚ということは、人間に眼と鼻とがあるように当然な人生の一つの約束のように行われる。伸子はそれに対して何だかぼんやりした質疑とでも云うものを抱いているのであった。人間が家庭を欲する心持、また愛し合う男女がともに生活したく思い、一組として扱われたい心持の強いこと、それらは彼女にもわかった。佃に対して、伸子は、中世的なプラトニックな感情だけでいるのではなかった。いつか彼と自分とは肉体も一つにするであろう。一対の男女として取扱われたら、どんなに便利が多いかということは、今でも十分察せられた。しかし、結婚ということに到ると、漠然とした重苦しさ、狭さ、凡庸さ、不安の感がいつも伸子を襲った。人間は結婚すると、なぜああも、人生のあるゴウルに達したように落着いて、世間と調和的になってしまうのであろう。多くの男女が、何か自分ならぬ者に導かれるようにして、一生をいつの間にやら過して行く。自分が結婚し、そんな風にこの世を送ってしまうのは、伸子はいやであった。結婚して子供が欲しいという気もなかったし、良人がいわゆる立身をして、某夫人と云われたい慾も、彼女にはなかった。佃には佃の仕事がある。自分には自分の仕事がある。そして、経済的にも、伸子は彼を稼ぎてとしなければならない必要はなかった。彼と生活をともにし、互に扶け合い、一緒にやってゆきたいのは、ただ、互の愛をまっすぐ育てられる位置において二人が、より豊富に、広く、雄々しく伸びたいからだけなのであった。愛し合う男女にとって、結婚が唯一のものなのであろうか。男女の愛は、本来が、そういうちょっと狭くるしいような性質のものなのであろうか。人生には何かもう少し違った形があってもよかりそうなものだ、という気が、結局にゆくと、いつも伸子の心に強く生じるのであった。[※16]

宮本百合子

※15　明治三二（一八九九）年～昭和二六（一九五一）年。東京女子師範学校附属高等女学校（現・お茶の水女子大学附属中学・高等学校）を経て、日本女子大学英文科予科に進み、『貧しき人々の群』を書いて注目を浴びる。その後、予科は中退し、父親についてアメリカに渡りコロンビア大学の聴講生となる。そこで知り合った十五歳上の荒木茂と結婚するも破綻。ロシア文学者、湯浅芳子と同棲生活を送るが、これも解消。共産党に入党し、後に書記長となる評論家の宮本顕治と結婚。小説を書くかたわら、社会運動にも携わる。

伸子は周囲の反対を押し切って結婚するも、つねに煮え切らず、暗い嫉妬の焔を燃やす夫、佃の態度に対して積もり積もる憤懣はやがて爆発し、別居を経て離婚を決意する。その頃、知人を通じて出会ったのが、素子である。

素子に会えた偶然を、伸子は真心で悦ぶようになった。伸子の、がらんと空虚に銷沈しがちな心に生気をふきこむのは、素子との新たな結びつきであった。[※17]

と言われる素子が舞台の中心に出てくるのは、次作『二つの庭』である。しかしそこでは、二人の同棲生活に興味を持った男性からの、たとえば「我々男性には大いに興味があるんですがね、一体、どういう風にやっているんだろうかと思って」というあからさまな詮索に対して、次のように独り言ちる。

二人が女であるという自然の条件と、女として自然な自尊心からおのずと限界のある自分たちの感情の表現を、伸子は樹が風でそよぐようなものだと思った。鳥と鳥とが嘴をふれあうようなものだった。こういう男たちが誇張して想像しているようなあくどい生活は、自分にも素子にもなかった。[※18]

二人の間にどのような関係が結ばれていようと、そんなことを詮索されるいわれはない。それに憤る権利はもちろんあるが、そこで「誇張して想像」されていたことを「あくどい生活」という時には既に同性間の性愛を忌避するまなざしが入り込んでいる。しかもそればかりではなく、「女としての自然」が「自分たちの感情の表現」に「限界」を設けているという奥ゆかしい物言いによって、女性の性欲自体が半ば否定されている。これは先に見た『伸子』より何歩も後退していると言わざるをえない。引用部分では、結婚前ですら「伸子は、中世的なプラトニックな感情だけでいるのではなかった」と語られていたにもかかわらず。

『伸子』と『二つの庭』との間の二十数年がこの差を生み出したのだろうか。執筆時期は異なれど、物語としては連続している二つの話の「伸子」は、かくしてあっという間に「常識」的な人間になっている。「常識」はそれが意識されなくなった時、つまりそれが「自然」になった時にはじめて「常識」として機能する。『二つの庭』でも、強調されるのは「自然／不自然」の二項対立だ。先の引用の前には次のようにあった。

※16　宮本百合子a、七二―七三頁。
※17　宮本百合子a、三七一頁。
※18　宮本百合子b、三一五頁。

伸子とすれば、習俗に拘束されない、自由な女の生活を求めて、その可能性をさがして、素子との暮しに入った。伸子が、もって生れた人なつこさや、孤独でいられない愛情の幅のなかで、素子にたより、甘え、生活の細目をリードされ、素子の風変りな感情にもある程度順応している。それが傍目に不自然に見られなければならないことだと、伸子には信じられなかった。※19

女としての自由な生活を求めることは、自身の内側から溢れ出る「自然な」欲求なのだろう。だから、その欲求に基づいて夫を捨て、女と同居すること自体は、たとえそれが世間一般の「常識」とずれていたとしてもかまわない。自身にとって「自然な」ものが自身にとっての「常識」だからだ。

しかし、「傍目に不自然に見られ」るというのは、男の詮索から明らかだったように、あくまで同性間の肉体関係に関してである。それが「不自然」であることは、伸子も認めてしまっているのだ。この主人公の内言は、これを私小説として読む読者に対しては、作者のエクスキューズとしても機能しただろう。この姿勢は、二人が同棲をつづける『道標』でも基本的に変わらない。

田村俊子もまた、『同性の恋』（一九一三年）というエッセイの中で、「同性の恋と云ふものは誰でも一度は感じるもの」としながら、女性同士の場合は「濃厚な一種の友情」という「極めて自然」なものであり、「この一種の友情を危険の道に導く緒だと云ふ様に考へるのは少し見当違つた話だ」と述べる。[※20] ただしこれは「両方が処女同士である場合の事」であると言うが、問題は女性同士の性関係が「危険の道」と呼ばれていることだ。「自然」なのは「処女同士」の「濃厚な一種の友情」までなのであり、そこを越えることは「自然」に反する「危険」なものだという思想が内面化されてしまっている。

その思想を裏付けるかのように、『悪寒』（一九一二年）では、夫ある主人公の、ある一人の女性に寄せる思いはたしかに「濃厚な一種の友情」と言える程度に留まっていたが、しかし『春の晩』（一九一四年）における女性同士の接触はずいぶんと艶かしい。こちらは「危険な道」へ踏みこんでしまった者たちを、あえて背徳的な香りで包んでいる。

かくして、女性同性愛は、女性自らによってその芽が摘まれるように仕向けられる。男性に対しても同じ抑圧は生まれるが、それより早く、また強かった。さらに、方向は同じでも、男／女の支配関係に基づき、それゆえ男性自身は受けることのない抑圧もあった。それを「自然」と思いこませる生政治は、セクシュアリティーとジェンダーの性政治でもあった。

※19　宮本百合子b、三一五頁。
※20　田村俊子b、一八―二一頁。

## 4　聖域としての「エス」

では、芽はすべて摘み取られてしまったのだろうか。そうではなかった。むしろ学校の塀に守られて、その中で大量に繁茂していたのだ。その花園の主、吉屋信子[※21]は最近、再評価の動きが甚だしいが、それでも当時の人気には比すべくもない。

『花物語』の圧倒的な人気についてはここであえて屋上屋を架すことはあるまい。「初夏のゆうべ。七人の美しい同じ年頃の少女がある邸の洋館の一室に集うて、なつかしい物語にふけりました」という書き出しをもつこの短編集は、ここで示唆されているとおり『少女画報』に大正五（一九一六）年から七回の予定で連載されはじめたのだが、終了に対する非難にも近い熱烈なファンレターがたくさん寄せられ、続行。結局のところ足掛け九年に亘り、五十二篇が綴られた。

そのうち実に三十篇ほどが女性同士の恋愛にまつわるものである。しかし当初予定された七篇にはそれを明示するものはない。読者のあるいは世間の反応を見つつ、おずおずと差し出されるようにして女性同性愛が姿を顕す。

冒頭七篇は、宣言されていたとおり「なつかしい物語」を一人ずつが語っていくもので、物語の内容はすでに終わってしまったものであり、エピソードの一つひとつは短いが、それ以降は形式にとらわれず、一作一作が長大になってゆく。そこにヒロインの（ヒーローは一人も登場しない）内面が盛り込まれるようになる。一人称もあり、物語の現在を語るものもあり、読者にとってはより身近に感じられるようになる。

同性への思いはここでなんら恥ずべきものでなく、あけすけに語られる。第三十話にあたる『燃ゆる花』は、横暴な鉱山王の夫から逃げる女性が主人公だが、当時大きなスキャンダルとなった柳原白蓮※22の事件を知った吉屋が一晩で書き上げたという作品である。しかし白蓮と異なり、われわれの主人公は身を寄せる男もなく、母校の女子寮を頼ってくる。そこで同室となる女学生は『あなたは美しいお妃でいらっしゃいます。私はお侍女になって仕えとうございま

吉屋信子

柳原白蓮

※21　明治二九（一八九六）年〜昭和四八（一九七三）年。栃木高等女学校（現・栃木県立栃木女子高等学校）卒業後、小学校の代用教員になるが、文学を志し上京。『花物語』を『少女画報』に連載し、少女小説作家として人気になるが、『良人の貞操』など大人向けの小説も書いた。

※22　明治一八（一八八五）年〜昭和四二（一九六七）年。最終的に東洋英和女学校（現・東洋英和女学院高等学校）を卒業するが、ここにまとめようもないほど波瀾万丈の人生を送った歌人。伊藤伝右衛門と再婚したが、三十六歳の時、九歳年下の法学士、宮崎龍介と出奔したのがいわゆる「白蓮事件」。

す』と大仰なことばづかいで憧れを躊躇いなく語る。

年上の女性に対するこうした熱い思いは、しかしたとえば『あきらめ』の富枝の姉などからすれば嫌忌の対象だったはずではないか。それが多くの少女たちの心を震わす物語となって広まったのはなぜか。

富枝の姉の台詞をもう一度見よう。


「そりやね、姉さんにしたいとか何とか云ふのなら無理とも思はないけれど、真逆女が女に惚れやう道理がないぢやありませんか。」


ここには年上の女性に対する気持ちが「姉さんにしたい」場合には「無理とも思わない」という留保がついていた。どれほど親密であっても、それが姉妹の関係に擬せられているかぎりは禁忌の対象から外れることができた。

女学生の間で蔓延したとも言えるこうした関係を指すのに一番使われたことばは「エス」である。周知のとおり、これは「Sister」あるいは「Sisterhood」の頭文字から来ており、ここでの女性同士の愛はつねに姉妹間のそれを装っていた。「あきらめ」の染子もたしかに富枝を「お姉様」と呼んではいた。

姉妹とは特別の絆であり、恋愛と同様に排他的であるけれども、その代わり性というものも排除している。だからこそその思いをあからさまに告げることが許され、またそうした関係を扱う作品が学校の外へと広がることも許された。

しかし、これが女性同性愛の〈解放〉でないことは言うまでもない。未だ何重もの抑圧が存在したし、またむしろここから新たな抑圧がはじまったとも言える。

たとえばまず、『花物語』の中で扱われる女性から女性への恋は、たとえそれが相思相愛になったとしても、ほぼすべてが別離に終わる。

吉屋が愛し合う二人に最終的な幸福を与えなかった理由はもちろん一つではあるまい。女性同性愛に関わらない話であっても、ほとんどの作品は最後に涙を誘う。『花物語』は基本的にバッドエンドストーリーの集成であり、それが読者に対する吉屋の戦略だったということもある。吉屋がバッドエンドを好む性格だったということもあるだろう。また、吉屋自身の理想や理念はどうあれ、現実にはこうした「エス」の関係は永続しないという冷徹な観察が小説家のまなざしと切り離せなかったのかもしれない。

しかしいずれにせよ、同性への愛を貫こうとしても、外部環境によって押しつぶされ、それでも添い遂げようとする二人は生そのものを絶たれる。『燃ゆる花』の人妻は白蓮から構想されながら、白蓮とは異なり、自分を愛する少女とともに心中して果てる。

そうでなくとも、学校内での先輩後輩間の「エス」関係は、年長者の卒業とともに終止符を打たれるのがつねだった。その変奏曲として、第三十八話『黄薔薇』を挙げておこう。押し付けられる縁談を嫌って英語教師として身を立てることにした主人公が、教室で出会った美少女と相愛になるが、今度は少女に縁談が持ち上がる。少女は拒むが、母親は、慕う先生のことばならば聞くに違いない、と主人公に少女を説得するように依頼する。結局主人公はその言を容れ、少女を嫁がせ、自らはアメリカに渡り、自らを罰するべく二度と再び日本の地は踏まない。やはり女性同性愛は報われることのないものとして呪われているかのようだ。

別れもせず、死にもしない作品はただ一つしかない。第三十六話にあたる『日陰の花』がそれであるが、これは愛の行方については触れず、途中経過を記すことで終わっている作品であり、主眼はタイトルの示すとおり、女同士の愛が日の目を見ることのないものだというところにある。後に男性同性愛に関わる者たちを指して「隠花植物」という物言いがなされたことが想起されよう。

だから、「エス」というかたちで同性への愛を公言することが許されていたとしても、それは空間的にも時間的にも限定された「女学校」という場所においてのみのことであった。一時期そこで同性に対する熱に浮かされたとしても、数年後には男の妻となるのだ。そもそも女学校は「良妻賢母」を造る工場として設立されたものなのだから。「絶対世に出るな、甘んじて犠牲になれ、隠れて奮闘せよ」という『あきらめ』の校長のことばがここにも谺している。

その中だけ、そこにいる間だけ許される「エス」の関係。女学校は束の間の聖域Sanctuaryとしての「エス」の場所だった。

ずいぶん時代は下るが、「エス」の完成形として、川端康成の名のもとに中里恒子[※23]が自分の体験に基づいて書いたと言われる『乙女の港』（一九三七年）を挙げてもよい。横浜の女学校に入学して間もなく上級生二人から手紙をもらった三千子は戸惑うが、「エス」という風習について少しずつ教育されてゆく。はじめこそ、大勢の人と仲良くするのが「自然」だと思っていた三千子は、しかし一対一の特別の関係の中に巻き込まれ、その風習こそが「自然」だと思うようになる。二人の上級生のうち、物静かな洋子を選ぶが、そのあとで三千子は洋子から次のように揶揄われる。二人で牧場に出かけた折の話だ。

中里恒子

※23　明治四二（一九〇九）年～昭和六二（一九八七）年。横浜紅蘭女学校（現・横浜双葉学園中学・高等学校）を経て、川崎実科高等女学校（現・川崎市立川崎高等学校）に進む。『乗合馬車』で女性として初めて芥川賞受賞。

「ねえ、どの丘がいい？　三千子さんの一番好きな丘で、お食事しませうよ。」

「ええ。」

三千子は洋子の手を引つぱつて、あの丘へ走つて行くと、向うの丘がよいと言い出し、また別の丘へ連れて行くので、洋子は笑ひ出して、

「いやよ、三千子さんは、気が変わりやすくて、欲ぼけで……。そんな風に次から次へ、新しいお友達に移つて行くの？」

「あらア、ひどいわ。意地悪。」

「ううん、嘘よ。だけど、あんまり遠くへ行つちやふと、椅子やなんか運ぶの、大変でせう。」

「だって、どの丘もみんないいんですもの。」

「さうよ。きれいな方は、みんなお姉さまにほしい、と誰とでもお友達になりたいって言つた、三千子さんのことですもの。」

「知らないツ。」

と、頬を染めて、瞼を落すのを見ると、洋子は、三千子がもう自分ひとりのものになつたと、勝利の幸福に胸顫へるのだつた。※24
「エス」教育はかくして完了した。その規範は、愛する相手とは一対一の関係でなければなら

ない、ということであり、しかしそれは規範として意識されず、内側から自然に一人だけを愛するようになることが目標点である。

そして、この関係は学校内に限定される。洋子の家が傾き、大学進学が不可能になると、洋子と三千子の「エス」関係は自然消滅することが二人の間の暗黙の了解になっている。三千子が一年生総代として送辞を読み、洋子が卒業生代表で答辞を述べる時に、二人は「喜びと悲しみ」に包まれることになる。洋子が進学していれば、あるいは学校が違っても関係性は維持されたのかもしれない。しかし聖域たる学校の塀の外に「エス」を持ち出すことは許されない。

さらに、「エス」の関係には性は持ちこまれてはならない。この点でも『乙女の港』は模範的である。二人が別れを覚悟して「喜びと悲しみ」に満ちる時、「二人の体」は「春の蕾のように硬く」なっている。卒業の季節と重ねられたこのメタファーは、同時に二人の性的身体のことも表している、と解釈されよう。「エス」の関係は、心は開いても、体は「蕾」のまま残しておかねばならない。これが「エス」教育の教えるところである。

やがて夫を敬い愛する者となるために、恋の手はじめとして年長の同性に憧れることは一つの教育にさえなりえていたかもしれない。その時「エス」を扱った少女物語は有力な教科書と

※24　川端康成b、三一―三二頁。

なったであろう。なにしろその恋からの卒業までをも教えてくれるのだから。とりわけ『花物語』は、卒業しそこねた者たちがどれほど悲惨な結末を迎えるかという事例をふんだんに示すことによって、女同士の愛が期限つきのものであることを示していた。心の痛みを伴いつつ人生のステージを次へと進める《通過儀礼》としての女性同士の愛を描く『花物語』は、解放と抑圧を同時に行う装置だった。

そして、『花物語』などの少女物語が抑圧側にとっての有力な教科書になりえたもう一つの要因は、そこから性が排除されていたからである。もちろんこれは対象読者層を考えてのことでもあった。年齢の問題もあるし、なにより女には性欲がない、とされていた時勢もあった。田村俊子が非常に目立ったのは、その常識を覆したからである。田村の作品は「エス」とは無縁のものだ。

男性同性愛と「エス」との不均衡はあきらかで、前者には当然切り離せないものとして存在した性的関係が、後者ではもとから存在しないものとして奥深くに隠蔽されているということだ。性欲は男のもの、つまり性的主体性も男のものであり、ゆえに性欲も性的主体も存在しないはずの女性同士の関係においては性的関係も生じないはず、というのが抑圧の論理である。その論理を受け入れることで、「エス」は免罪符をえて塀の中で生きのびることができた。

「エス」そのものが、守られるべき聖域であるとともに、その中へ囲い込み、性的要素を奪い去る収容所の塀となっていた。塀にはつねに二重の意味があるとすれば、このアンビバレンスは仕方のないことだったのかもしれない。

同性に対してであれ異性に対してであれ、恋愛と性とを分離するという発想は人類史においてめずらしい。西洋近代の心身二元論なくして、身体性を無視した「エス」のような愛は存在しえない。だから、「エス」の発生する場所にはつねに西洋的な、キリスト教的な香りが漂う。『花物語』の多くに、牧師や教会やミッション系の学校、寮が点景としてあらわれ、讃美歌が遠く響く。そうした聖域を守る香りは、しかし肉の匂いを無理矢理消すための芳香剤のような不自然さを帯びてはいなかっただろうか。それでも、その匂いを吸い込むうちに、鼻の麻痺した少女たちはもはやそれに包まれるのを居心地よく感じるようになったのだ。

## 5　塀の外へ——性的放縦？

吉屋自身も、『花物語』のような大衆向けの少女小説とは異なる系統の作品では、型に嵌まることなく女性同士の愛についてもう少し切り込んで語る。自伝的と言われることもある『屋根裏の二処女』（一九一九年）は、主人公章子が同性に対する自分の気持ちを自覚し、ひどく嫉妬し、しかし結局その相手と添い遂げる決意を互いに確認するまでの物語である。

『花物語』と異なるところとして、これからの苦難を予想させつつも最後に二人で生きつづける希望が見いだせること、嫉妬という醜い感情が赤裸々に描かれることなどがある。

主人公の章子は、具体的には明かされない不品行の責任をとって、それまでいた寮を自ら出て、別の寮に入る。そこであてがわれた屋根裏部屋で、隣室となった秋津さんと運命の出会いをする。

しかし、吉屋のここでの書きぶりはあまりに大仰で勿体ぶっており、章子の心情に寄り添って読み進めるのはなかなかに困難である。三人称で語られるにもかかわらず、必要以上に主人公に同調し、その感傷を分かち合うのは、『花物語』でも見られたことだが、全知のはずの語り手は章子に入り込みすぎて、読者のことを忘れがちになる。勿体ぶるというよりは、章子がわかっていることはわざわざ読者に説明しなくてよいと思っているかのようにも見えるが、しかし、書き手はここでやはり書きあぐんでいるのだろう。『花物語』の時のようにストレートに同性への思いを語ることができないのだ。

章子が秋津さんへの自分の思いをしかと認めるのは、実に全編の中ほどにさしかかってからなのだ。その場面に至るまで、読者は章子の臆病な主観的感傷に蜿蜒つきあわされることになる。やっと物語が動くその場面は次のとおり。

同じ性のひとを恋うという——世にもあわれに、いじらしい、ひそやかにしかももの狂わしい愛慾の悩みを章子は打ちふるえながら受けねばならなかった。

あの——露台に濡れた髪でふたりが月を浴びてから——あやしきばかりにその夜の美しい

ことを思うようになったので……

秋津さんを思っている――と自分で知ると――もうその人の顔をまともに見ることが堪えぬ――もしも、もしも自分のはずかしいこのかたわの愛を育んでいる心をそのひとが知ってしまったら……とあり得ないようなうたがいさえも起ってわれとわが身をさいなみつくさねばやまないほどの羞恥に恐れ怯えて苦しむのだった。[※25]

章子の感傷、不安、猜疑は、なにより秋津さんへの思いのゆえだった。むろん読者はここに至るまでの十分そのことを予想していたはずだが、ここまでずっと明言されなかったのは、同性愛という禁忌を犯すことへの章子と作者吉屋との怖れであった。

ここに繰り返すのが躊躇われるほどのことばづかいで自らの内に宿った思いを呪詛しなければならなかった章子の現実こそが、女学校という聖域を出た者たちを待ち受けていたものだった。

章子と秋津さんは学校ではなく、寮で出会った。そして四階にあたる屋根裏は二人だけの住まいである。もし二人が相愛になり、二つの部屋を合わせて一つの家のようにして暮らすことにな

※25　吉屋信子、一五五頁。

れば、そして実際にそうなるのだが、その時には毎晩隣に床を延べて寝ることになるのだ。吉屋の書きぶりは田村のそれのようにあからさまではないが、当然愛しあう二人の間に新たに一歩踏み込んだ関係が生まれたとしても不思議はない。

はっきりと書かないとしても、読者にそのことをどうしても想起せしめてしまうということが吉屋の筆をいたずらに逡巡させたのではなかろうか。「エス」にSexのSは含まれていなかった。それが女学校の塀の中での関係のお約束だった。それを踏み越える時に女同士の愛はスキャンダルとなる。男性同士のそれが禁忌となるより早く。

谷崎潤一郎『卍』（一九二八年）はそのスキャンダルをあえて利用した作品だ。園子と光子が出会うのはたしかに美術学校の中ではあるが、園子はすでに弁護士の夫を持つ人妻であり、そこから逃げ出そうとでもしていないかぎり、「エス」の範疇にはない。光子の魅力に囚われ、そのまま二人は性的関係を結ぶが、光子の方も未婚とはいえ別の男とも関係を持っている。卍巴のような四人の縺（もつ）れた関係の中で、主導権を握るのは光子である。

筋の展開が重要な意味を担うこの作品のあらすじを述べることはしないが、この作品がスキャンダラスなのは、一つに女性同性愛、それも「エス」のような漂白されたものでなく、同性性愛をあからさまに描いているということ、そしてそれを含めた恋愛の主導権が女性にあることとにある。その意味では、女性が主導権を握ることとSMと、というやはり二つの越境を描いた『痴人の愛』（一九二四年）に連なるものとして読むことができる。

つまり、ここで女性同士の性愛が公にされるとしても、それは解放を目指したものなどでは決してなく、あってはならないもの、隠されるべきものであればこそ題材としようという、読者の消費意欲に対する煽動である。谷崎自身が嫌忌していないとしても、女性同性愛を常軌を逸したものと捉える点では、『あきらめ』の富枝の姉とえらぶところはない。

女性同性愛は性的消費の対象として「エス」の塀を越えて顕在化するが、それは女性同士の性愛の自由を意味したわけではなかった。むしろ好奇の視線に晒されるという意味で、別の抑圧の対象となる。そして、現在恐らく女性同士の性愛の表象はこのかたちで一番多く市場に出回っているだろう。その買い手は大多数が男性であろう。

この点では男性同士の性愛表象の方が遅れをとっていた。やおい、あるいはＢＬのことだ。女性の消費財としての男性同性愛が急速に市場を拡大したことはよく知られている。

こうして男女は少しずつ平等になりつつあるのかもしれないが、谷崎においてはまだ両者の関係は不均衡だった。谷崎はたしかに女性に主導権を握らせはしたが、そしてそのような関係を本人が望んでいなかったとは言えないにしても、それを作品化したのは、女性が上に立つ関係性が珍しかったからである。それは逸脱であり、「自然」とは思えなかったからだ。

稀少価値としての効果は次第に薄れつつあるだろうが、当時はたしかに光子のような存在は

「逸脱」者として光彩を放っていただろう。谷崎はそのような者として光子を造形した。

しかし、光子の性的逸脱あるいは放縦を必要以上に強調するならば、谷崎の仕掛けた抑圧にわれわれも加担してしまうことになる。どういうことか。

まず、ここでの女性の主導権は、あくまで遊戯的な関係の中で与えられたものであり、真に男／女の支配権が逆転したわけではない。奴隷扱いされて喜べるのは、その気になれば奴隷の側から関係を解消できる可能性が残されているからである。光子の放縦さにおいて女性の主体性が確立されているわけではない。

そして、光子の性的な放縦さと見えるものは、たしかに一つの魅力であるとしても、そのどこからどこまでを放縦とするかによってはまた新たな抑圧を生む危険がある。

光子は、婚約関係にある男がいる一方で、夫のある園子と関係を持つ。ここで「放縦」と見なされる要素は、①不倫、②二股交際、③同性愛の三つである。そして、この作品にとって重要なのは言うまでもなく三点目だ。

光子自身がどういうつもりでいたのかに関わらず、園子の一人称の語りで進められるこの作品においては、園子と関係を持ちながら他の男と通じていた、という一種の裏切りとして読者は受けとるようになっている。そこでもし、たんなる同性愛という「逸脱」ばかりでなく、異性にも積極的に性欲を持つ点でも「放縦」なのだ、と感じるとすれば、そこに新たな抑圧が生じうる。

はじめから両性愛の持ち主として呈示されていればそうは思わなかっただろうに、「同性に手を出しながら異性にも」と考えるのであれば、そこに「同性愛者」「異性愛者」という《人種》の差別がすでにして働いているのだ。すなわち、同性を愛する人間は「同性愛者」であって、異性を愛するべきではない、と。

光子がもし悪の魅力を持っているとすれば、それは不倫と二股に関してだけであるべきだった。しかし、谷崎の筆は、同性に手を出しておきながら異性にも、というかたちでわれわれの倫理観を甘やかにくすぐる。これもまた一つの政治的振舞いであり、「同性愛者は同性だけを志向すべき」という新たな抑圧を生む。

あるいは、たとえ一時期同性と関係を結んでいたとしても、女性はいずれ男性の許に行くはずだという思い込みがあるかもしれない。とりわけ男性の側に。

たとえば堀辰雄の『水族館』（一九三〇年）では、女性同性愛は異様な風俗として扱われている。主人公の若い友人の男は、カジノの踊子に恋をするが、既に恋人がいるらしい。居ても立ってもいられず、公演が終わって連れ立って帰る二人の跡をつけていったところ、踊子の恋人は男装の女性だったことが判明する。その発見について、友人は主人公に向かっていかにも機嫌よさそうに笑いながら話すのである。あれほど苦悩していたにもかかわらず、恋人が所詮同性ならば、いずれ男に目覚めるだろうとでも言うように。

これは、男性同性愛にあった《通過儀礼》的な要素を、無意識のうちに女性同性愛にも読み込もうとしたがゆえの思い込みかもしれない。

くだって吉行淳之介[※26]『暗室』（一九六九年）では、レズビアンとしてアイデンティティを既に確立している女性が、主人公の男性作家にだけは体を開こうとする。男は、レズビアンはみな男にしくじった経験という共通の原因を持っているという先入観を抱いており、それゆえやはりいずれ異性愛に戻るのではないかと思っている。

もちろんこれは都合のいい思い込みにすぎないが、ただ作家を職業とするだけあってか、思い込みを思い込みのまま貫く無神経さからは辛うじて免れている。それは、相手の女性が自身の性的指向について語る際に、一人称がつねに「わたしたち」となっていることに対する違和感を覚えるところからもわかる。つまり、相手がなぜ同性を愛する女性の代表として語りうるのか、「女性同性愛者」が自分たちをカテゴライズすることに対する違和感である。

しかし、吉行の主人公のような繊細さは例外的で、女性同性愛に対しては他にも紋切り型の思い込みがある。いずれは男性に靡（なび）くのだとしても、同性同士で睦みあう女性はそれだけで男性を翻弄するものとして描かれることが多い。

三島由紀夫『春子』（一九四七年）は、叔母とその義理の妹が愛人関係にありながら、どちらもが主人公を魅惑する。また、川端康成『美しさと哀しみと』（一九六五年）では、主人公がかつて不幸にした女性がのちに画家となり、自身の女弟子と愛し合うようになるが、弟子は師匠の復讐のためにと、老いた主人公ばかりか、その息子までをも性的に誘惑する。

こうしたことがほんとうにありうるか。男を蠱惑する不可思議な存在として女性同性愛が道具的に使われただけではなかろうか。

中村真一郎[※27]『四季』（一九七五年）では、女性同性愛を妄想しつつ、それは禁じられたものであるがゆえに、胸をふるわせるような「快楽」であると述べていた。禁止の対象として異常視しつつも、そこに倒錯的欲望を抱くのは、その対象からすれば全く迷惑以外のなにものでもないだろう。

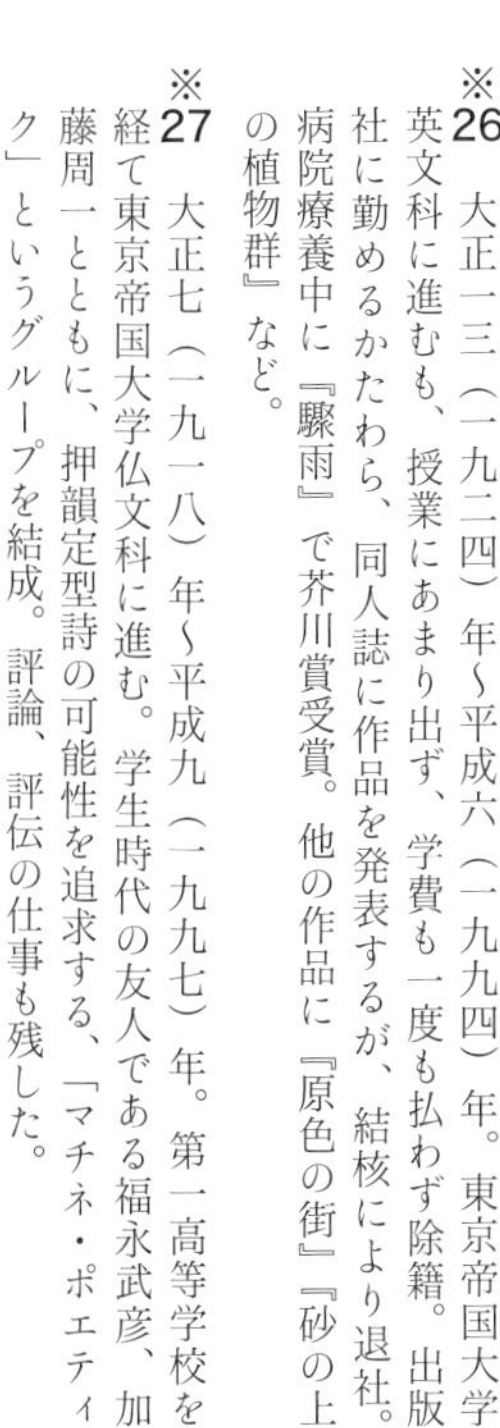

吉行淳之介

中村真一郎

※26　大正一三（一九二四）年〜平成六（一九九四）年。東京帝国大学英文科に進むも、授業にあまり出ず、学費も一度も払わず除籍。出版社に勤めるかたわら、同人誌に作品を発表するが、結核により退社。病院療養中に『驟雨』で芥川賞受賞。他の作品に『原色の街』『砂の上の植物群』など。

※27　大正七（一九一八）年〜平成九（一九九七）年。第一高等学校を経て東京帝国大学仏文科に進む。学生時代の友人である福永武彦、加藤周一とともに、押韻定型詩の可能性を追求する、「マチネ・ポエティク」というグループを結成。評論、評伝の仕事も残した。

こうした一方的思い込みが生ずるのはここで挙げた作家たちが皆男性であることと無縁ではなかろうが、これ以上作家論には踏み込まない。ただ、こうした思い込みは、強い抑圧として働いてきたと言うにとどめておく。

## 6 抑圧を超えて

女性同性愛表象は、男性のそれにはない三つの抑圧を受け入れることで細々と生き延びてきた。ある場合には「主体性」を、ある場合には「性」を奪われ、またある場合には男性の「消費財」となることによってである。

女性にも性欲はあり、それが同性に向くこともある、ということが谷崎によって示されたとしても、それが「自然」と見なされるにはまだまだ時間がかかった。それには、男性の側からの好奇に満ちた消費のまなざしではなく、女性自身の声が必要だった。

しかし、消費財としての女性同性愛の抑圧は強く、女性の書き手もそれを受け入れてしまう。久坂葉子[※28]『ふたつの花』（一九五二年）は、貿易商であるオランダ人の夫を持つ妻と、夫の姪とが恋に堕ち、邪魔になった叔父を姪が殺すところから物語がはじまる。主亡き後の洋館で、二人は秘密の社交クラブを催し、上流階級の男女が道徳を忘れるために夜な夜な訪れてくる。

この設定だけで十分この作品が消費財として書かれていることは明らかだが、ここにもう一人、若い男が闖入し、縺れた三人の関係はある死をもって終わる、というところは、「同性から異性へ」という移行をうまく果たせなかった悲劇を伝えてはいる。《通過儀礼》でない同性愛はここでも逸脱である。

二人の関係は、別の女性から、「あれはアブなんだってば、気味が悪い。」と言われる。『あきらめ』とは異なり、ここでは女性同性愛の存在ははっきりと認知されており、そしてまたはっきりと「アブ」すなわち《異常(アブノーマル)》という烙印を押されている。もちろん、同性愛を《病》とする段階は男性同性愛にもあったのだが、それは主人公の深刻な悩みとして描かれており、好奇のまなざしを満足させるためのものではなかった。男性同性愛表象においては、堀辰雄『燃ゆる頬』（一九三二年）から三島由紀夫『仮面の告白』（一九四九年）に至る経過で、《病》が《アイデンティティ》となり、《人種》化していくことを前の章までで見た。

しかし、『ふたつの花』では、女性同性愛は《病》ではあっても、そのことが二人の内面とどう結びついているのか全く書かれていない。同性愛は、異性愛関係でも十分に書けるはずの愛憎劇を煽情的にするために使われている。「消費財」としての抑圧に女性の書き手が自ら手を貸し

※28　昭和六（一九三一）年～昭和二七（一九五二）年。相愛女子専門学校（現・相愛女子大学）中退。『ドミノのお告げ』で芥川賞候補。四度の自殺未遂を経て、五度目に阪急六甲駅で飛び込み自殺を遂げた。

てしまっているということだ。

そこから一足飛びに現代の作品に目を移せば、たとえば山田詠美のデビュー作『ベッドタイムアイズ』（一九八五年）には、主人公の女性を愛する年上の女性が登場するが、友人関係を壊すことを怖れて気持ちを伝えることができず、主人公と同じ男性を共有する。「消費財」化は免れているが、女性は《異常》性を内面化してしまっている。

また豊島ミホ[※29]の「ゆうちゃんはレズ」（二〇〇七年）は、おそらく主に女性読者に宛てて書かれたもので、もはや「消費財」としてという桎梏からは逃れている作品である。しかし、タイトルが端的に示すように、ここでも「レズ」は逸脱として括られている。女子高に通う主人公は、「レズ」と噂される後輩の「ゆうちゃん」からある日、告白される。愛を告げられたのは人生初だ。友人にそれとなく相談しようとするが、遠回しに「女子高じゃなきゃ見れなかった世界、とか見た?」と尋ねたところ、「えーなにそれ。レズったかってこと?!」と返され、それ以上尋ねることは不可能になる。

友人はまくしたてる。「女の子同士で好き合うやつ……『百合』？　とかさ、フィクションの世界ではそれなりに流行ってるらしいけど、現実にはないよねー!」[※30]。

こうして女性同性愛の可能性は前もって封印される。主人公自身は「ゆうちゃん」に心が動いていないでもなかったのだ。そこには、「ゆうちゃん」がどうこうというより、自分が他人から愛される、必要とされるという優越感が大きく働いていたが、しかし、それが入口になって相手の気持ちに応えることもありえたかもしれない。

実際、主人公は「一緒にいて嬉しくて、ちょっとどきどきして、もう少しでもこの人と長く過ごしたいなって、もっと話してみたいなって」いう「付き合う」定義において「ゆうちゃん」と特別な関係を結ぶことに同意する。しかし、次第にそれ以上を求めてくる「ゆうちゃん」を結局、主人公は受け入れることができない。

二人の関係は、吉屋信子の時代を超えることはできない。そこには、「エス」とは異なり、「レズ」ということば自体が帯びた負のイメージの及ぼす抑圧が働いている。

ただ、この作品はあくまで告白された側、女性同性愛の対象としてまなざされた側を中心に描いているため、「レズ」と称された者自身の内面は測りかねる。作品として、「消費財」であることは免れているが、「主体性」と「性」の面での抑圧はいまだに受けつづけている。「主体性」と「性」の剥奪、また「消費財」であることという三つの抑圧を完全に免れた作品

※29　昭和五七（一九八二）年、秋田県に生まれる。早稲田大学在学中に「青空チェリー」で「女による女のためのR－18文学賞」読者賞を受賞。他の作品に『檸檬のころ』など。

※30　豊島ミホ、一九四－一九五頁。

がそれ以前になかったわけではない。松浦理英子[※31]『ナチュラル・ウーマン』(一九八七年)は、主人公の「私」が三人の同性と関係していく遍歴の連作集で、あえて時間軸に沿わない作品の配列がなされているが、われわれの関心は、三つの抑圧を逃れた女性同性愛の誕生の瞬間にある。それは「私」にとってはじめての女性、花世と結ばれた時のことだった。

大学の漫画サークルで知りあった花世に、「私」は異性に対するのとなんらかわらないかたちで恋に堕ちる。漫画同人のライバルでもある花世は「私」に嫉妬に似た感情を抱いているようだが、それも恋愛という火にとっては油の一種なのであり、二人は結ばれる。

花世は言う。「今まで性欲ってどういうものなのか知らなかったけれど。」「やっとわかったわ、私にも性欲があるんだということが。」

「私」も同じだ。それまでもった男性との関係については、「性欲とは無縁のあの戯れは乾布摩擦のようなものだった」としか思えない。

行為のBGMとしてかけられるレコードはアリサ・フランクリンだ。しばらく後に花世は、その『ア・ナチュラル・ウーマン』を覚えているかと「私」に問う。

「覚えてる。」旋律を思い出してから私は答えた。「キャロル・キングとジェフリー・ゴフィンのつくった歌。」

「そう、ユー・メイク・ミー・フィール・ソー・アライブ、ユー・メイク・ミー・フィール・ライク・ア・ナチュラル・ウーマンっていうの。」

花世は私の肩と腰に手をかけ俯せに引っくり返した。

「不思議なんだけど」背中の上から囁きかける。「私、あなたを抱きしめた時、生まれて初めて自分が女だと感じたの。男と寝てもそんな風に思ったことはなかったのに。」[※32]

なんとも感動的な場面ではないだろうか。ここには「抱きしめ」るという「主体性」と「性」とがあり、それが「自然」だと感じることができる。決して《異常》を売りにした「消費財」ではない。花世の感動は、女性同性愛全体にとっての感動である。加えて確認しておけば、ここで同性愛は当然《病》でもない。むしろそれこそが花世にとっての「自然」であった。

三つの抑圧をはねのけ、「自然」を手に入れた女性の同性愛は、となると男性のそれと同じ途を辿ることになるのだろうか。つまり、《病》の次の段階として、同性愛が《アイデンティティ》

※31　昭和三三（一九五八）年、愛媛県に生まれる。青山学院大学仏文科に在学中、『葬儀の日』で文學界新人賞を受賞しデビュー。他の代表作に『親指Pの修業時代』など。

※32　松浦理英子、一五九頁。

となり、二人は「同性愛者」という《人種》になるのだろうか。

それはこの作品の中では示されない。「あなたと会ってナチュラル・ウーマンになれた」と感じたのは実は花世だけであって、「私」はそんなことは考えたことがなかった。

自分が何なのか、いわゆる「女」なのかどうか、私にはわからない。そんなことには全く無関心で今日まで来た。これからだって考えてみようとは思わない。[※33]

「私」にとって同性愛というセクシュアリティはアイデンティティと関係がない。いや、「女」というジェンダーさえも。そもそも「自分が何なのか」という問にさえ「全く無関心」なのだ。松浦の主人公はすでにアイデンティティという疲労した制度の彼方にいるのかもしれない。

「私」は花世と別れたあとも他の女性と結ばれつつ、どこかで花世だけを思う。ただそれは、「私」自身の言うとおり、同性愛とかアイデンティティとかに関わらない、恋愛という領域の問題だ。惹かれ結ばれる相手がたまたま同性であるだけで、「私」にとって相手の性別は意味がないというかのようでもある。

しかし、アイデンティティをまだ問題にする者にとっては、セクシュアリティは重要な要素だろう。赤坂真理[※34]『雨』（一九九九年）の「あたし」は、男性とつきあいながら、ＤＪのナナに強く惹かれている。メタファーに満ちた美しい掌編で、一歩でも踏み込めば種明かし的な解釈になってしまうが、以下の無粋を諒とされたい。

クラブの床から見上げるようにして「あたし」はナナを思う。しかしそれはおそらく一方的な憧れで、ナナの方は「あたし」を認知していない。「あたし」には体を重ねるステディなヒロキという男がいるが、ナナでなければならないのだ。それはナナがＤＪである一方で、ヒロキがレコードを面倒がってＣＤに逃げてしまう男だからだ。

レコードがなんの比喩であるかは作品内に明示されている。その溝を思う時、「あたし」の連想は「ナナの溝」に及ぶ。

そこはあたしの溝のように、深く暗く、温かいだろうか。膝を使ってまさぐることを考え、口づけることを想像した。深い溝と溝とが、合わさることを考えた。[※35]

※33　松浦理英子、二〇七頁。
※34　昭和三九（一九六四）年、東京都に生まれる。慶応義塾大学法学部を卒業後、編集者を経て、『起爆者』でデビュー。他の代表作に『東京プリズン』など。
※35　赤坂真理、一六二―一六三頁。

ここから先は解釈である。レコードの溝が女ならば、針は当然男ということになろう。しかし、「あたし」の想像は溝と針ではなく、「溝と溝とが、合わさること」であった。だからこそ、ナナはＤＪでなければならなかった。

レコード世代には言うまでもないことだろうが、本来レコードの盤面は決して指を触れてはならない場所である。しかしＤＪはスクラッチする際にはそこに直接手を置き激しく擦る。この時指と盤面とが、すなわり指紋と溝とが「合わさる」。

ところで、「あたし」はヒロキと体を重ねても満足することができない。それは、レコードにとって針はどれでも似たようなものだからだ。どんな針を具えたプレイヤーも、同じレコードは同じようにしか鳴らさない。そして、そのまま放っておけば、曲の終わった後に空しい無音の回転がひたすら繰り返される。

この無音の回転が「あたし」とヒロキの関係を象徴するものとして用いられていたが、実はこの同じ道具が、『ナチュラル・ウーマン』のレコードをかけるシーンでも空しさを象徴するものとして用いられていた。

しかし、ＤＪは違う。その個性により、同じ一つのレコード盤が全く異なる意味を帯びる。その象徴が指の「溝」、すなわち指紋なのだ。そしてまた、レコードにとって個性とはその「溝」である。決してラベルなどではない。ＤＪが行うことは、個性と個性の擦りあいなのだ。だから、女同士でなければならないし、「あたし」とナナとが「合わさる」ことは他で二度と繰り返されることのない経験だ。「あたし」の憧れはそこへと向かう。

　さてしかし、男ではだめなのだ、ナナでなければだめなのだというかたちで「あたし」はアイデンティティへと迫りつつはあるが、それでもやはり物足りない。もちろん作品の長さがそれを許さないところはあるが、「あたし」はナナというかけがえのない特異な存在を求めつつも、自分自身とはなにかという問とは無縁に生きているようにも見え、その点では結局『ナチュラル・ウーマン』の「私」とえらぶところがないのではないか。

## 7　結婚――解放あるいは新たな抑圧

　これが、女性同性愛表象をここまで辿ってきた時に男性のそれと最も異なっているところである。《病》↓《アイデンティティ》という二つの段階の経過が見えにくいということだ。たしかに同性からさえ「アブ」と言われ、《異常》視されていることは知っているはずだが、それでも自分の同性愛的感情や行為に対してさほどの煩悶を抱えはしない。女性同性愛の文学に『仮面の告白』はなかった。

　《病》の意識は見え隠れしているものの、そこから強固な《アイデンティティ》を生み出すこともなく、それゆえ《人種》化への志向も強くないのはなぜか。女性たちの場合、長きに亘る抑圧のせいで、《病》の段階に来た時にはすでにアイデンティティの方が制度疲労を起こしていたからだろうか。

たしかに、アイデンティティというテーマ自体が文学においてはもはや時代遅れなものになりつつあったということもあるだろう。しかし、それに加えて、あるいはそれ以上に大きかったのは、少なくともここに挙げた作品に出てくる女性たちは、たとえ自分が愛するのは女性だと思っていても、皆男性とも関係を持っていた／いるということだ。

それは田村俊子の時代から変わらない。『あきらめ』では抑圧に屈して「あきらめ」られた性は、しかし『春の晩』（一九一四年）ではもっとあからさまに描かれている。主人公は退屈な男とその晩を過ごすのに嫌気が差し、男を去らせ、意中の年下の女性の許に赴く。しかし年下の女性は家に別の男を引っ張り込んでいるところだった。不意を襲われて二人は慌てふためき、男は逃げ去る。訪ねてきた女性は、しどけない姿の年下の女性の頭を胸に抱く。

筋立てとしてはこれだけの短編だが、二人の女性の関係がすでにどれだけ進んでいて、これからどこまで進むとしても、それぞれが男とも関係を持っている。このまま現代の小説にもできそうなほどではないだろうか。「エス」以前の女性同性愛はこれほど懐が広かった。

「エス」の少女たちは高い塀の中に囚われた姫君たちであったが、そこから出れば男に添い遂げる運命が待っていた。

塀の外では、谷崎『卍』の光子、久坂『ふたつの花』の二人の女、『ナチュラル・ウーマン』の「私」、『雨』の「あたし」、一人の例外もなく、皆、男性と関係を持っていた。それは、「エス」の少女たちの中の大勢が直面したに違いない、外圧による場合もあったろう。家族や世間からの目、そして男性の経済力なしに生きていけない時代性。少なくとも男性同性愛にとって最後の一点は問題ではなかったはずで、女性がただ性に寛容だったわけではない。

ある時期まで女性同性愛を書きつづけた中山可穂[※36]の『白い薔薇の淵まで』（二〇〇一年）は、男性に比べた時の女性同性愛の社会的に不利なところを正確に写しとっている。年下の天才肌の作家である少女と劇的な出会いをし、性的な関係に溺れていく主人公は、しかしよくある恋人同士の喧嘩や倦怠を繰り返し、時に口走る。「うちの親ももう年だし、いつまでもこんなこと続けてらんないわよね」と。

経済的に自立している主人公でも、やはり親のまなざしをどこかで意識している。この点は男性も同じとはいえ、女性にはもう一つ、出産の時期という大きな問題がある。男性に比べ圧倒的に早いタイムリミットを抱え、自分の子を産みたいと思うことは女性同性愛にとって大きな試練

※36　昭和三五（一九六〇）年、愛知県に生まれる。早稲田大学教育学部を卒業後、劇団を主宰するが、解散後、『猫背の王子』でデビュー。他の代表作に『天使の骨』など。

となる。主人公は、相手との数度目の別れの後、子どもほしさに優しい男と結婚し、子どものためだけに快感のない性関係に没頭する。

『仮面の告白』の主人公が女性相手に不能であったのとなんと大きな違いだろう。やはりここにも「同性愛者」というアイデンティティはない。出会った年下の作家がたまたま同性であったというだけなのだ。

綿矢りさ[※37]の『ひらいて』(二〇一二年)では、自分が好きな男子が別の女子と付きあっていることを知った女子高生が、その女子を寝取るという突飛と思える行動に出る。ただ、主人公は自身の性的指向をアイデンティティと結びつけて悩むことはもはやしない。ただこの名づけがたい感情と、相手との関係が主人公にとっての問題である。

同じ綿矢の『生のみ生のままで』(二〇一九年)では、二組のカップルがリゾート地で仲良くなり、四人で遊ぶようになるうちに、あろうことか、片方の女性が相手カップルの女性を好きになってしまい、告白する。告白された側も少しずつ心が揺らいでゆくが、恋人への申し訳なさからだけでなく、お互い女性であることへの躊躇いから、すぐには乗り換えられない。二人とも、それまでに同性と関係を持ったことはなかったのだ。

モデルで女優の彩夏は、逢衣に一目惚れをして、その思いに乗って突っ走るが、それまでは男性と付き合ってきた。逢衣は、高校時代から憧れていた先輩と同棲し、結婚も視野に入れていたところだった。

それなのに、互いに同性への愛を募らせてゆくのは、二人が実際は同性愛者だったからではない。そうではなく、二人はただ、この相手だから好きになったというだけなのだ。

もしそれでも、この恋に「本当の自分」なるものが少しでもかかわるとすれば、それは同性との恋が、まだ現在一般的とは言えないため、その境界を超えるときに世間の「常識」を脱ぎ捨てることができるからだ。それがタイトルの「生のみ生のままで」の意味するところである。二人はたしかに同性のこの相手を見つけた時に、自分らしく生きる〈自由〉のようなものを感じとっている。しかし、ここでは「LGBTQ」も外から与えられる一つの括りにすぎない。作者はそうした外部の言葉を巧みに避けている。

一方、台湾出身の李琴峰(りことみ)[※38]の『独り舞』(二〇一八年)、『五つ数えれば三日月が』(二〇一九年)の主人公は、女性同性愛者としての自覚をはっきり持ち、差別的まなざしを避けて日本にやって

※37　昭和五九(一九八四)年、京都府に生まれる。二〇〇一年、高校在学中に『インストール』で文藝賞を受賞。二〇〇三年に書いた『蹴りたい背中』で芥川賞を史上最年少で受賞。他の作品に、『勝手にふるえてろ』など。

※38　一九八九年、台湾に生まれる。一五歳の時から日本語を習いはじめ、台湾大学卒業後、早稲田大学大学院日本語教育研究課に留学。『独り舞』で群像新人文学賞優秀作を受賞。

くる。こうした主人公と作者とが日本の同性愛文学に新たな風を吹きこむことになるかもしれないが、主人公は台湾で生まれ育っているため、本書の系譜には載せづらい。台湾には台湾の同性愛文学作品が多数あるが、それに言及する余地はなく、李の日本語作品のタイトルを記すにとどめる。

さて果たして女性にとって、同性愛と異性愛の垣根が男性にとってよりも非常に低く見えるのは、世間体や経済力、出産という圧力のためだけなのだろうか。これを一言で「結婚」の抑圧と言ってしまってもよいが、では、女性同士の結婚が世間の認めるところとなれば、その時こそ意に染まぬ男性との関係など一切断って、「女性同性愛者」という《アイデンティティ》が確立され、「レズビアン」という《人種》が生まれるのだろうか。冒頭に挙げた女性のカップルは、大掛かりな結婚式によって、世間から認められる新しい《人種》になりえたのか。

しかし、「結婚」という抑圧の制度を逆手にとることで自由を獲得しようとする同性愛の戦略ははたしてどこまで有効なのか。それは今まさに制度疲労とともに破綻しようとしているかに見えるこの抑圧装置をかえって生きのびさせようとする試みなのではないか。即断する前にまず、「結婚」の現在について考えなければならない。恋愛や結婚はなぜ最近その魅力を失ったのか。にもかかわらず、全世界の同性愛がそこへ向かおうとしているのはなぜか。恋愛と結婚と同性愛の関係性について、問題を開いて、ひとまずこの章を閉じることにしたい。

# 第四章　間奏　稲垣足穂と森茉莉――二つの抽象

日本近代の作家の中で同性愛について最も筆数を尽くしたのは間違いなく稲垣足穂だろう。三島由紀夫の強力な推輓を得て世に出た『少年愛の美学』は作家の名を世間に知らしめ、代表作として今に読み継がれている。

あるいは「少年愛」ということであれば、森茉莉の名前も外すことはできまい。やはり三島に熱賛されたこの作家の、『恋人たちの森』からはじまるいわゆる少年愛物は、現在言うところのBLの元祖とも言える作品である。

しかし、この二人をここまでの同性愛文学の系譜の中に位置づけるのは非常に難しい。ともに三島の激賞に浴しながら、後に三島の作品をくさすという一筋縄ではいかない二人であるが、どちらも生まれは三島より二十年以上早く、死んだのは遅い。

三島が短い間に同性愛文学に関する構えの異なる作品をたてつづけに発表し、今に及ぶ革命をもたらしたのに対し、稲垣足穂や森茉莉は自らの姿勢を変えず、孤高を守りとおした。一部に熱狂的な信者を生み、一方、文学史の正統からは半ば無視されてきた。その理由と、三島との関係性とは密接に結びついている。系譜からすれば異端となるこの二人について手みじかにふりかえってみよう。

## 1　稲垣足穂――「抽象的感覚」という逆説

あれほどの数の作品を残しながら、稲垣足穂[※1]が同性愛文学の系譜に乗らないのは、一つに、『少年愛の美学』（一九六八年）に代表されるように、彼のこの分野に関する中心は文学作品ではなくエッセイや評論にあるからだ。

もちろんエッセイや評論だとてそれ自体立派な文学作品ではありうるが、これまで考えてきた意味での文学とは少しく異なる。あくまで同性愛が文学作品の中で具体的にどのように息づいてきたかを見てきたのだが、足穂の論からは生（なま）の息づかいはほとんど聞こえてこない。それは壮大な抽象だからだ。

この分野に関する彼の論は、やがて一切が有名な「A感覚」へと収斂する。この足穂によれば根源的な身体感覚をめぐってさまざまな議論が飽くことなく展開されてゆくのだが、しかし身体感覚を中心に据えながら、読者は読めば読むほど肉体の具体性から引き離される。中心を身体感覚にあずけながら、それによって具体性を去るというのは一つの逆説だ。

念のため復習しておけば、A感覚とはアヌス感覚のことであり、ここからV感覚すなわちヴァギナ感覚が分岐する。P感覚すなわちペニスに至っては、Vが外へ向かって裏返されたものにすぎない。ここには下降していく明確な階層がある。A感覚こそが、あらゆる快楽、芸術、生命活動の根源なのだ。

足穂がA感覚こそ根源的と言うのには、生物学的な根拠がある。Aこそが進化の過程でもっとも原初的な器官であるということだ。

もちろん個体の感覚の根源性を生物の発達過程に求めることには、個体発達の過程を生物進化のそれに擬（なぞら）えたヘッケルが遠く谺している。もはや専門的には否定されている、「個体発生は系統発生を繰り返す」というい

稲垣足穂

※1　明治三三（一九〇〇）年〜昭和五二（一九七七）年。関西学院普通部卒業。商業誌に書いていたが、後に同人誌を主な活動の場とし、生活は極貧を極めた。若年の三島由紀夫に再発見され、『少年愛の美学』で第一回日本文学大賞を受賞。

わゆる反復説である。
より直接にはヘッケルを承けたフロイトの影響であることを、足穂自身が示している。

フロイトにもとづいて、膣感覚を以て腸管排泄時の快感の変形だと見るかぎり、V感覚以前に、A感覚が、おそらく単孔類状態のまま保存されているのでなければならない。[※2]

フロイトの例の「口唇期」「肛門期」「男根期」「性器期」という人間個体の発達段階に応じた性欲の在処の中で、足穂は肛門期を特権化する。後の『少年愛の美学』ではフロイトの全思想が次のように半ば暴力的に要約される。

即ち、Aという最初の、しかも最大の「抑圧的対象」をとらえて、この部位における殆んど生涯的な刺戟感受性の重大さを指摘した点を、私は注意したい。彼の功績はこれで十分で、あとは余計なお喋りだと云ってよい。「肛門本能」「肛門期」あるいは「肛門愛」等々の新造語こそ、それぞれが含有している将来性において、彼の残りの総ての業績に匹敵するのであるまいか?[※3]

われわれとしては、足穂が無理にもフロイトを「A」のみに収斂させようとした点を、注意したい。もちろんこれは牽強付会の論である。フロイトに接してはじめて何か新しいことに目を開かれたのではなく、足穂はもともと抱いていた自身の考えに合いそうなものをフロイトの中に見出して自説に添わせたにすぎない。しかしそれは、フロイト自身もまたギリシャ悲劇や旧約聖書に対して行った操作でもあった。

問題は、足穂が初期から一貫してA感覚一元論を唱えつづけたことである。知られるとおり、『少年愛の美学』は、初出から現在出回っているかたちになるまで、何度も繰り返し同じ同人誌に少しずつ分量を増しながら改稿されつづけてきた。読者からの反応や新知識をどんどん断片的に織り込んでいったのだ。

その経過においては、わずかであるが変化している部分も見られ、また、作家生活の全体に亘って同性愛に言及する中でも当然変遷はある。その詳細を辿ることは足穂研究において意味あることだろうが、近代日本における同性愛文学の系譜においてはむしろ、A感覚一元論の揺るぎなさこそが、孤独に屹立する稲垣足穂の特徴である。右に挙げたいくつかの引用によってだけで

※2　稲垣足穂a、四〇九頁。
※3　稲垣足穂b、八二一頁。

も、その特異性は明らかだろう。

昭和三〇年、既に『仮面の告白』も世に知られた後で、しかしあの主人公の抱えた苦悩は、足穂には一片たりとも存在しない。これほどまでに「A感覚」や「少年愛」にこだわりを示しつづけているにもかかわらず、そこには自らを「同性愛者」としてアイデンティファイすることへの躊躇いも悩みもないのである。

それは、そこからずっと下ってわれわれの時代、二十一世紀に入り元号も変わってようやく市民権を得つつある同性愛の解放を先取りしていたわけではない。むしろ抑圧以前の古層の感覚に基づいていればこその、諸手を挙げての同性愛の賛美である。『少年愛の美学』は、衆道の知識にまみれていた。「同性愛」でなく「少年愛」ということばを使うのも、衆道に親近性が高い。昭和四九年の『少年読本』のうちの一篇にも「男色考余談」として、「男色」を用いている。西洋由来の「同性愛」も「同性愛者」も足穂にとっては身に合わぬ舶来品にすぎない。

しかし、かといって日本古来の「男色」や「衆道」と「A感覚」とは全く位相を異にする概念であることも既に明らかだろう。どれほど「衆道」を讃えようと、足穂言うところの「少年愛」は、「男色」や「衆道」における念者と稚児との関係を言い換えたものではない。一方、「少年(パイス)」と「愛(エロス)」の合成語たるギリシャの「パイデラステイア」の訳語としてのそれでもない。

日本の「衆道」における念者と稚児とは、ギリシャの「パイデラステイア」におけるエラステースとエローメノスとに対応するが、Aに関する役割の固定という点では後者の方がより制度化されていた。しかし、だからといって足穂の言うようなA感覚がギリシャにおいて焦点化されていたというわけではない。

ただ、足穂が古くからの「男色」や「衆道」でなく、「少年愛」という語にこだわったのは、ギリシャの「パイデラステイア」がプラトンによってあらゆる「愛（エロス）」の中で最高の地位に就けられていたからであろう。

プルタルコス『愛をめぐる対話』など、異性愛と同性愛とどちらが優れているかという議論はあまたあったが、プラトンは早くに『饗宴』の中で、少年愛の優位を説いていた。それはイデアへの飛翔を扶けるものだったからだ。

足穂もそれに倣い、少年愛を特権化する。「A感覚は、いにしえの帝王に先立つ「半神時代」の感覚である」と言う時、愛の歴史は近代的な進歩史観とは逆にひたすら頽落の一途を辿っているとされる。人は始原の少年愛を思い見ることによってイデアの世界に還らねばならない。

少年愛は特別な人の特別な趣味ではなく、ましてやアイデンティティの帰する「種」などでもなく、人たるもの須らく求めるべき道なのであり、その点ではたとえば『葉隠』[※4]において追究された「衆道」の理想よりも厳しい。

かように「パイデラステイア」や「衆道」に共通する部分は持ちつつも、しかし「少年愛」の「精神的・形而上学的・抽象的・絶対的・普遍的・本質的・美的」である所以をすべてA感覚に収斂させてしまう足穂の論が極めて特異であることは言うまでもない。

自ら言うように、この「絶対」性は「抽象」性と不可分の関係にある。しかしその「絶対的」「抽象」がA感覚という一つの感覚に極まるというのは明らかな逆説である。

引用してきた『少年愛の美学』の「美学」は、aestheticsなどのヨーロッパ語から訳されたものだが、遡（さかのぼ）ればギリシャ語の「感覚・感性aisthēsis」に由来する。だから、ここで「感覚」が問題にされること自体は間違っていないのだが、しかし「美学」はそのはじまりにおいて、「論理学」や「倫理学」に比べて「感覚」に依るため「抽象」度が低く、学問としては低級だとされていたのだった。しかるに足穂は一つの「感覚」をもって「絶対的」な「抽象」を通して「本質」に至ると言うのである。いや、むしろ「A感覚」そのものに「抽象化する作用」があるとさえ。

V感覚の、開花的、平面的、期待的、乱れがちなのにくらべて、A感覚には、狭窄的、垂直的、拒絶的、抑制的な諸特徴があるとした。で、つけ加えて云おうとする。——V感覚が、湿潤的、散文的自明性に置かれているのに対して、A感覚は乾燥的で、詩的夢想性をその暈としている。かつ後者は官能的に展かれることがないから、いつしか精神性として蓄積した

ものを時あって抽象化する作用を持っていると。[※5]

だから当然、イデアへと至るその不可能な道筋は、「私的夢想性」を介した一種秘教的なものになる。この「抽象化」は論理によらず、「感覚」的な連想を通して行われる。

ガス織の匂いがするおろし立ての真白なユニフォーム、純ネルの運動着、スコットランド織を使った半ズボン、毛糸の甘い香がする葡萄茶色のスエータ、ボール函にはいっている新らしい編上靴、錫箔包みのチョコレート、印刷インキの香がする絵本、蠟臭い一揃いの色鉛筆、エナメルくさい鉛の兵隊、無味なビイ玉、蠟石、釣道具の色とりどりな浮木、ゴム製の水ピストル……。[※6]

※4　江戸中期の佐賀鍋島藩士、山本常朝が語った武士としての心得をまとめた書物。「武士道と云ふは死ぬ事と見つけたり」が有名だ。「恋とは忍ぶ恋」など恋に関する条々もあるが、ここでの「恋」は基本的に衆道、すなわち男同士のそれである。

※5　稲垣足穂a、四〇九頁。

※6　稲垣足穂b、一三八頁。

たとえばこうしたものが「A感覚的なもの」の例であり、人は概念ではなくこうした例を通じてのみ「A感覚」に迫ることができる。その厖大な著作を通じても、足穂が「A感覚とは何か」ということについて直截に説明をしているところは全くないのだ。

一方、Aそのものにまつわる具体的な話や、そこから派生したスカトロジックな話はふんだんにある。たとえば『菫色のANUS』(一九七二年)には、二人の男が小学校で流行ったという「ツンドラ」という遊びについて語り合う。近年なら「かんちょー」と言うであろうその遊びは、具体的にAそのものと結びついた感覚をおそらく多くの読者に過去の回想とともに思い出させる。しかしそれが右の引用の「ユニフォーム」や「色鉛筆」や「鉛の兵隊」とどのように結びつくかはさっぱりわからない。そこには秘儀による飛躍が必要とされる。「あのびいどろの味ほど幽かな涼しい味があるものか」と言った『檸檬』の梶井基次郎ならば、「無味なビイ玉」のA感覚を感じ取ることができるのだろうか。

「A感覚とは何か」ではなく、「どのようなときにA感覚を感じるか」という説明ならある。

幼年の頃、たとえば覚束ない夕暮時の戸外で、脇明けに手を入れて、ひとりで佇んでいる折などに、我身のふとももの内側同士が擦れ合う感触に、なにか遠い天体に通じるような、それとも「死」を想わせるような、甘い、遣るかたのない寂寥の念を覚えた、と江戸川乱歩が回想記に書いている。その不思議な、どこかへ吸い込まれてしまいそうな孤独感は、大人の用語で云うならば、“Ding an Sich”とか、「宇宙意志」とかに相当するのであろうと。つまり存在は普通コイタスあるいは瞑想によってしか近付き得ないが、それを要約したのがA感覚だと云うのである。[※7]

カントやショーペンハウアーやハイデガーの研究者からすればまったくもって肯んじえないであろうこの飛躍もまた、A感覚の秘儀である。それは「コイタス」すなわち媾合という具体と関係はするが、同時にそれとは別に「瞑想」によっても到達可能なものなのだ。しかし、身体感覚か瞑想かのいずれかの途を通って辿りつく同じイデアなど存在するのだろうか。

これ以上の論理的詮索はわれわれにとっては無意味だろう。ただ多くの他の作家たちが自らの体験と絡めて、それを自分とは何かという個人の問題として煮詰めていった時代の流れからは超然として、あらゆる典拠を自在に渡り歩き独自の「A感覚教」とも言える秘儀を構築していったことだけが確かめられればよい。

「少年愛」ということばは、ギリシャのそれや「衆道」からは切り離されてその後のＢＬへと

※7　稲垣足穂b、四九—五〇頁。

受け継がれてゆくが、逆に言えば、それは主に自らは少年愛の当事者たりえない者によって受容されたということである。本書では受容史まで手を広げることはできないが、それは措いても、足穂の「少年愛」自体の中に性別を超える発想は潜在していた。そもそも「A感覚」とは、生物進化の過程で性別以前に遡れるものであり、性が分化した後でも残っているからこそ枢要な感覚であった。

われわれは「共同体」に属して、食堂的存在であり、またトイレ的存在である。食堂は複数で、トイレは大旨単数である。しかも只ひとりでいる時の伴侶は、P感覚でもV感覚でもない。それはA感覚である。※8

「A感覚」は「トイレ」という「単数」的存在において「只ひとりでいる時」にも感得されるものである。A感覚一元論においては終に他者は必要とされなくなる。そこには当然性別もない。こうした「感覚」が現実においてどのような影響を及ぼすかはわからないが、同性愛差別どころか性別をさえ超える抽象がここにはあった。その意味で現在のLGBTとは全く異なる、一種の普遍を目指す枠組が示されていた。

もちろん、今現実に同性愛を悩む人々にとって、足穂の論がすぐに救いをもたらすものとはならないだろうが、アイデンティティ化を強める日本の文学の中で、孤峰からA感覚一元論を唱え、人皆すべからくこの頂を目指すべしとした型破りは、同性愛を考える際にＬＧＢＴ以外の枠組を発想しづらくなっているわれわれを、その外部へと誘いつづけるものである。

## 2　森茉莉

一方、おそらくは小説家としてよりはエッセイストとして名高かった森茉莉[※9]は、この分野に関して、『恋人たちの森』、『日曜日には僕は行かない』、『枯葉の寝床』という、いわば三部作と呼んでもよい立派な小説群を残している。

昭和三六年から三七年にかけてたてつづけに発表された三作だが、『群像』昭和三六年十二月号に掲載された『日曜日には僕は行かない』を間に挟んで、他の二作は『新潮』に載った。『恋人たちの森』は昭和三六年八月号、『枯葉の寝床』は昭和三七年六月号である。

森茉莉

※8　稲垣足穂b、六六頁。

※9　明治三六（一九〇三）年～昭和六二（一九八七）年。森鷗外の長女として生まれ、仏英和高等女学校（現・白百合学園高等学校）卒業。二度の結婚に失敗したあと、文筆活動に入る。

『日曜日には僕は行かない』は、伊藤半朱という二十二歳の作家の卵が、師匠でもある作家の杉村達吉と、十八歳の八束与志子との間で揺れる物語である。両親を既に亡くし、一人いる姉は遠くへ嫁いでしまっている半朱は、与志子の家庭に流れる温かい空気に憧れ、達吉の許を去り、与志子と結婚しようとする。

しかし、達吉の執着は止まず、一人でいるところを捕まった半朱は達吉から「君は僕を裏切るんだが、……それを君は知っているんだろう?」と詰問される。さらには「僕の心臓をずたずたにして、それを向うへ贈物に持って行こうというんならお誂え向きだ。……僕はその通りになっているよ」と追い打ちをかけられ、式の予定が決まっていながらも、心は揺らぐ。結局は片方が選ばれ、選ばれなかった方は自らに悲劇の幕を下ろす。

この作り物めいた幕の引き方は当座われわれにとってはどうでもよい。問題は、半朱が達吉と与志子との間で板挟みになって悩むというその悩みである。つまりこれが同性愛と異性愛との間の葛藤なのか、ということだ。

作品の内部でその答は出ない。同性愛か異性愛かという二者択一の問題であるとするにはある意味で余分な情報が多く、同時に必要な情報が足りない。このこと自体が、問題設定の方が誤っていることを示唆している。

達吉と与志子との間には性別だけでなく、年齢やそれに伴う頼りがいの問題もある。二十歳そこそこの半朱はまだ、誰かを護るより護られたいと思う年齢なのではないか。あるいは作家の卵である半朱は、その知的好奇心を満たす相手として先輩作家に惹かれるのももっともなのではないか。

これだけならば性愛と関係ないというのであれば、半朱の中に眠るマゾヒズムの血が、その意味で平凡な与志子よりも、サディスティックなところのある達吉に魅せられてしまったのだとも考えられる。

こうしたノイズを全部払拭したあとで、半朱が他の条件を等しくした同性と異性のどちらを選ぶかという問に答えるだけの情報は作品内にはない。半朱の悩みは自身のアイデンティティの問題でなく、あくまで達吉と与志子という個別の他者たちの間でのそれであり、この作品で同性愛か異性愛か、あるいは両性愛かということは実のところ問題化されていないのだ。

たしかに、達吉と半朱の仲を疑った与志子の母は、達吉に向かって次のように言う。

「あなたがたがどういうお考えでいらっしゃるのか、それは私は存じません。けれど、あなた方は私共の世界とは異（ちが）った常識外の世界で、私共なぞよりももっとご立派なことをなさっていらっしゃるのだと、お思いなのでしょう。いいえ、それはあなたのお顔に書いてございます。私共はあなた方のお考え通り、常識の中で生きておる人間でございます。でもそれだからと申して、どうして私共が馬鹿にされなくてはならないのでございます。軽蔑されなくてはならないのはあなた方の方ではございますまいか[※10]」

「常識の中で生きておる人間」から「常識外の世界」の人間に対して向けられるべき「軽蔑」を異性愛から同性愛へのそれと読むのは、しかし早計である。

たしかに母からすれば、式の日取りも決まっていた娘との結婚を反故にしてあろうことか他の男性とともにいることを選ぼうとする婿候補は「常識外」であるに違いない。しかしここで言う「常識」とはまずなにより、「婚約」という「契約」は履行されてしかるべき、ということだ。その最大の「常識」さえ守られるならば、他のことは些事にすぎない。与志子の母は、「半朱さんに、……別な方がいらっしゃいましても。その方はその方として、……与志子にさえ知らせませんければ、私共の方は……。」とも言うのである。

だから、ここからも異性愛と同性愛とを峻別してどちらかを優位に置くという発想は見いだせない。「私共なぞよりももっとご立派なこと」というのはおそらく、達吉と半朱との属する文学藝術の世界のことを指している。

そして半朱ばかりでなく、彼に執着する達吉も、それをもって同性愛者と断ずることはできない。達吉は半朱の「女性的な特質に、強い牽引をおぼえたのである」から。

小説として要求される読者へのインパクトという以上には、この作品において性別、あるいは性志向は重要でない。達吉が女性でも、あるいは半朱が女性で、与志子が男性でも物語は成立する。むしろ年齢構成や職業の方が物語の展開にとっては変更できない重要性を持っている。

こうして「同性愛もの」あるいは「少年愛もの」として括られがちな『日曜日には僕は行かない』は、必ずしもそれをテーマとするものではなかった。そのことは残りの二作においても言える。『恋人たちの森』においても、中心となるのは年上の男性と少年とである。フランス人を父に、日本人を母に持つギドウ三十八歳は、仏文学者にして物書きでもある。一方、彼によってパウロという愛称を得た十八歳の少年は「彼を愛撫する男の傍にいることが似合っている、そんなところがある」と言われているが、しかし二十歳になる梨枝というガールフレンドとも付きあっている。

しかし、『日曜日には僕は行かない』の達吉と異なり、ギドウはそのことを知っても嫉妬しないばかりか、若い二人のためにホテルの部屋をとってやりさえする。このことの理解しがたさはもちろん、性志向の問題でなく、三角関係の当事者がむしろそのかたちを維持しようとしているところにある。

しかもこの関係はさらに錯雑としており、ギドウはギドウで、十も年上の人妻を、深情けの愛

※10　森茉莉、一七四―一七五頁。

人として抱えているのである。さらにはパウロに目をつける礼門という、こちらは父が日本人、母がフランス人の心理学者が現われる。

片想いも含め、それぞれ二通りの異性間、同性間の愛がここにはあるが、女性たちが三角関係を解消しようとする「常識」を持っているのに対し、男性たちはそこにはあまり頓着していないように見える。これはジェンダーの問題が潜んでいると言えようが、われわれとしてはそこに深入りはせず、この物語が決して「同性愛」あるいは「少年愛」に収斂されるものでないことを確認することに留めておこう。

たしかに、たとえば礼門に関しては「今でこそゲイ酒場(バア)なぞが出来て、この種の男は相手に事欠くことはなかった」と言われており、「ゲイ」という「種」が括り出されてはいるが、これは《人種》ほど固定的なものではない。礼門は大学を逐われた心理学者だったが、その原因は「姦通」であり、おそらくこの相手は同性ではあるまい。

今のことばで言うなら、ここには「同性愛者」はおらず、男たちは三人ともがみな「両性愛者」ということになるだろうか。

さらに、この話の悲劇的結末は、やはり同性愛をその根本的な原因とするものではなく、性別にかかわらず恋愛関係の縺れにおいて十分起こりうるものである。

それで、この作品もまた、「同性愛もの」、「少年愛もの」として括ることはできない。

三部作の最後、『枯葉の寝床』の構図を示そう。フランス人の父、日本人の母を持つ、フランス文学の助教授にして中堅作家のギラン三十八歳と、レオと呼ばれる十八歳の少年との関係が話の中軸を成す。一見して分かるとおり、『恋人たちの森』をほぼそのまま踏襲した設定である。双生児的作品とも言えるし、前作に満足行かなかった作者が書き直したのだろうとも思える。これが同じ雑誌に一年と間をあけずに掲載を許されたことがにわかには信じがたいほど同工異曲であり、分量的にもよく似た作品である。

『恋人たちの森』よりも耽美が色濃くなっていると言えるのは、「美神と悪魔との愛児」と描写されるレオは、親を知らないながらおそらく「混血」とされ、話す口ぶりなどはパウロよりも明らかに女性的にされているからだ。十四歳の時には「男色（ソドミイ）の連中が多く集まる、特殊なクラブ」に出入りして、そこで麻薬の売人をやり、ギランに見出される。十六歳の時にはじめてギランと関係を持つが、「中身は子供のままでませ」た少年として成長する。

そこにオリヴィオというイタリア人の血を引くヘロイン常習者の男が現れ、レオを攫って半ば強引に関係を持つ。あとからそのことを知ったギランは嫉妬に狂う。それはレオが徹底的な抵抗を示しはしなかったことを見抜いているからであり、しかもオリヴィオのサディズムとレオの裡に眠るマゾヒズムとが惹かれ合っていることを知るからである。

ここに至って異性愛は影を潜め、代わりに同性愛がより前景化する。しかし、だからといってこの作品が「同性愛もの」と銘打つのが憚られるのは、ここでクローズアップされるのは同性愛ばかりでなく、サディズム／マゾヒズム、麻薬、強姦など「常識」を外れるものがふんだんに鏤められるからだ。たとえば、同性間で結ばれる関係には決して使われない「変態」ということばが、サディズムに対して非難のことばとして向けられている。かといってもちろん、「同性愛」が正常だと謳われているわけではない。

たしかに、この三部作において、主要な登場人物たる男たちは、同性と関係を持ち、そのことをなんら躊躇ったり恥じたりはしていない。その関係を耽美的なことばで綴る作品はあたかも同性愛を賛美しているかのようにも見える。

しかしここまで見てきたとおり、一方で、同性愛は、異性愛でも書ける恋愛にまつわる問題のインパクトを強めるための装置として用いられているに過ぎないところもある。時代的なことを言えば、おそらく自分の「同性愛」に関して必ずやあっただろうアイデンティティの悩みをほぼ一切抱えない登場人物たちがこれほど集中して現れるというのは現実的ではない。発表当時としてもこれをリアリズムの小説としてとらえた読者はいなかっただろう。「ゲイ酒場（バア）」などの時代の風俗がきちんと映されているとしてでもである。

『恋人たちの森』では、ギドウとパウロが落ち合う酒場の名前は「茉莉」であった。「このちゃちな酒場の片隅」で繰り広げられる劇とは、森茉莉が現実世界とは別の場所に拵えあげた精緻な作り物の世界にすぎない。煌びやかな装いを身にまとった主人公たちは、現実離れしたという意味で、やはり一つの抽象を生きている。森茉莉作品が、現実と向き合い、その泥に塗れた近代日本の同性愛文学の系譜の嫡流に含まれない所以（ゆえん）である。ただし、そもそも性別に頓着しない恋模様を描いたという意味では時代に先駆けてもいたと言えるだろう。

稲垣足穂と森茉莉。二人の作品には、アイデンティティの桎梏（しっこく）とは無縁な〈自由〉がある。

# 第五章　同性愛文学の現在、あるいは「同性愛者」後の同性愛文学の可能性について

## 1　三つの、しかし一つの可能性

現代は同性者愛文学にとっては受難の時代である——と言えば世間知らずを嗤われるだろうか。ちょっとまわりを見渡せば、事態は全く逆で、社会は同性愛に次第に寛容になり、その表象も、文学にかぎらずあらゆる分野に満ち満ちているように見える。長い禁忌の時代を打ち破って、今ややっと同性愛文学も〈解放〉と〈自由〉を手に入れたかのように思えるかもしれない。

しかし、これまで男性同性愛と女性同性愛それぞれについて、日本の近代文学における系譜を見てきたところによれば、たとえば男性同性愛に関しては今とは異なる〈自由〉を享受していた

時代がかつてたしかにあった。

逍遥が、鷗外が、選択的な《趣味》や《主義》の問題として描き、武者小路も川端も自分の初恋が同性に対するものであったことをあっけらかんと語っていた。彼らにとって同性愛は〈解放liberty〉とは無縁であった。はじめから〈自由freedom〉を持っていたからだ。

彼らは、同性を愛することの疚しさのような感情に囚われることがなかったという意味で〈自由〉であり、恋の相手を異性にするか同性にするかという選択の〈自由〉も持っていた。

異性愛と同性愛とは必ずしも対立的なものではなく、たとえば漱石が『こころ』で明かしていたように、異性に至る前の一種の《通過儀礼》のようにして同性を憧れるという図式が普通のこととして受け入れられていた。

そこにキリスト教の影響を受けた恋愛観が少しずつ入り込み、同性愛には《病》や《罪》の負のイメージがかぶせられるようになった。今から約百年前の志賀直哉あたりからである。内面化された《罪》はその人の《アイデンティティ》となり、ついには自分では一切選択の余地のない「同性愛者」として生まれ落ちる《種》が誕生した。

女性同性愛の場合は、男性同性愛とは必ずしも同じ途を辿らず、性差に基づく別の種類の抑圧があった。女性たちは、恋愛の場面で「主体性」を奪われ、「性」あるいは「性欲」を持たない存在とされたことが、女性同性愛に複雑で隠微な様相を与え、その表象としては主に男性にとっての「消費財」とされる、という三種類の抑圧である。

しかし、性差の漸進的な解消とともにこうした抑圧もまた、少しずつではあるが減少しつつあると言えるだろう。

「同性愛者」の権利獲得のための動きは盛んで、少しずつ〈自由 liberty〉が認められようとしている。その最たるものが「結婚」の権利だろう。ここ数年にかぎっても、世界の風潮は同性婚を認める方向に大きく動いてきた。日本でも、民法が変わるまでにはまだ相当の時間がかかるとしても、地方自治体や企業が同性のパートナーを異性の配偶者と同じ扱いにするところが着実に増えてきている。

われわれは社会の側から文学を見るのでなく、あくまでテクストを通してその外で起きていることの流れを類推するという立場をとってきたので、これ以上社会状況に直接立ち入ることは控えるが、こうした「自由」化の流れと文学は当然併走している。この一連の論考を締めくくるにあたって、現在の同性愛表象がどうなっているかを具に見つつ、今後の可能性についても考えることにしたい。

まず確認しておけば、現在の「同性愛者」としての〈自由〉は、逍遥から川端までの「同性愛」の〈自由〉とは質的に異なっていた。前者の〈解放〉としての〈自由〉は、それが達成された時に、文学として書かれる意味を失うということだ。これが現在、同性者愛文学が困難な時代を迎えている一つの大きな理由である。

かつてのような、自分は果たして「同性愛者」なのかどうかという悩み、すなわち同性愛と近代的自我とのあわいに生まれる悩みは、少なくとも文学においてはもはやテーマたりえない。ここから考えられる方向性は大きく三つに分かれる。

一つは、「同性愛者かどうか」という葛藤とは関係のない場所で、同性愛を一つの性愛の種類として消費財化する、という方向である。これはかつて女性同性愛が男性にとって「消費財化」されていたのに対応して、男性同性愛が主に女性にとって「消費財化」するというかたちで大きく発展してきた。

文学を広い意味でとるなら、とりわけ目ざましいのは漫画の世界においてである。そこを中心としてアニメや小説にも波及したＢＬはすっかり分野として定着し、しばらく前から書店の一隅に確固たる場所を占めている。

もちろんＢＬ、すなわちボーイズラブが和製英語であることが示唆するとおり、これは日本独特の現象、少なくとも日本発の現象である。ここでこれ以上深入りすることはできないが、この独自の流行現象も、日本の同性愛表現が、西洋発祥の「ＬＧＢＴＱ」ではうまく切りとりえないことを示唆している。

流行が兆しはじめた頃には、珍しくも気味悪いものとして奇異の目を向けられもした。すなわち男性同性愛に向ける女性たちの熱いまなざしが異常なものとされたということだが、もちろんその異常視の方こそが異常なものであった。というのも、これは長らく女性同性愛を消費財化してきた男性のまなざしをただ裏返したものにすぎないからである。女性同性愛の表象を自らの性的消費の対象とする男性は別段異常視されることはない。ではなぜその対称形がこれまでなかったのか、その遅さを疑うことはできても、存在に疑念を挟む権利はない。少しばかり平等に近づいたというだけである。

そして今や、主に男性の視線に向けられた女性同性愛表象と比べて量においてもヴァリエーションにおいても凌駕するに至るが、ただし、その多様性は消費財の装いとしてのそれであり、質的な変容という意味でのヴァラエティではない。同性愛文学における質の変容を見てきたわれわれの興味はヴァラエティの方にあるが、漫画におけるその意味での多様性の可能性は、同性愛が描かれはじめた初期にあった。

消費財としてのＢＬ以前の男性同性愛を描いた漫画群には、小説の系譜の中で起きたことが短い期間の中に凝縮されていると言えるが、それについては詳細な説明が必要になる。また稿を改めたい。

ともかく、この面での同性愛表象が今後もしばらくは量的な豊かさを誇るだろうことには疑いを容れる余地はない。それは消費財が求めるものが、根本的な新しさでなく、装飾的な変化を伴った繰り返しであるからだ。BLの繁栄が社会における同性愛受容に一役買ったところがあるにせよ、これまで同性愛表象の変容を辿ってきたわれわれの興味はこのヴァリエーションにはない。「同性愛者」誕生後の文学のもう一つの可能性は、「自分は同性愛者かどうか」という内なる葛藤を過去のものとし、その内面の闘いを方向転換して外に向ける、というものである。問題はまず「自分が同性愛者であることを人に告げるかどうか」というカミングアウトであり、つづいて「自分の立場をどう周囲に受け入れさせるか」という社会問題となる。

しかし、文学においてはじめにこの告白がテーマとなったのは、三島由紀夫『仮面の告白』であり、そこからはや七十年、今、「言うべきか言わざるべきか」を悩む主人公を書くのは難しい。もし「同性愛者」を選択不能なものと捉えるならば、この「言うべきか言わざるべきか」という葛藤は、島崎藤村『破戒』の一つのヴァリエーションにすぎなくなる。そこでも主人公・瀬川丑松が悩んでいたのは、そこに生まれついて自分ではどうすることもできない被差別部落出身という「事実」を告白するかどうかであった。そこからは既に百年以上が経過している。

そもそも「出身」や「同性愛者」を、告白しなければならないことと捉えるとはどういうことなのか。「告白」はそもそも対等な関係間で行われるものではない。弱者が強者に対して憐れみや赦しを乞う言語行為である。もちろん、丑松を咎めたてることなどできようはずもないが、彼は本来、生徒たちに告白などする必要はなかったはずだ。しかし、父からは「隠せ」と厳命され、周囲が鼻をひくつかせて詮索してくるにつれ、出自は疚しい「事実」として内面化されてしまう。

この小説に関しては、社会小説か告白小説かという長い論争史があるが、論の立て方が間違っているのであり、この二者択一は成立しない。丑松の告白への衝動＝破戒衝動は、彼の内面からではなく、社会が外圧を加えることで絞り出されるようにして生じたものだからだ。

「同性愛」についても同じ途が辿られた。疚しいものとして、隠さねばならないという強迫が「カミングアウト」ということばの前提としてある。[※1]同様に、「アウティング」も、「他人の性的指向や性自認を勝手に暴露する」ことに対する非難が込められたことばだが、しかし同時にそれが非難に値するということは、「同性愛などは隠しておきたい／おくべきもの」という前提を潜ませてしまう。異性愛には「カミングアウト」も「アウティング」も無縁だからである。日本でもアウティングを禁止する条例によって人権が守られようとしているが、「異性愛／同性愛」の

※1　「カミングアウト coming out」は、自らの性的指向や性自認を他人には知られたくないため隠れていた「クローゼット closet」から出てくるというメタファーとして生まれたことばである。
折しも、他人の性的指向や性自認を勝手に公にする「アウティング」を禁じる条例がある地方自治体で出された（二〇一八年四月、東京都国立市）。性的少数者を守ろうという意図はわかるものの、「あの人は異性愛者だ」というのはアウティングとは言われないだろうから、ここには「同性愛（者）は隠すべきものだ」という前提を強化しかねない危険が潜んでいる。

対立や非対称性を解消するためには一つの通過点であるべきだろう。

いずれにせよ、カミングアウトやアウティングという「言うべきか言わざるべきか」問題が現在の文学で扱われることは少ない。それは、現実よりも少し先を、少し深いところを見る作家たちが、もはや同性愛を隠すべきものと見ていないからではないか。

三つ目の方向として、「同性愛者」としてのカミングアウトは無事終えた後に「異性愛者」と同じ権利を求めて社会という外部と闘うという方法があるが、これをとりあげた文学作品はほとんどない。それは、文学以外に社会と直接渡りあう手段が現実に整えられつつあるからだろう。そして〈解放〉と〈自由〉を求めるこの世界的な戦いにおいて、「同性愛者」はゆっくりとしかし着実に勝利を収めつつある。こういう時に文学がなしうることは多くない。

結局文学に残された方向性は、最後の一つしかないように見える。それは、せっかく獲得したはずの「同性愛者」の立場をあえて手放すというものだ。もともと三島以前の文学には「同性愛」はあっても「同性愛者」はいなかった。単純に元いた場所に帰ることはできないにしても、「同性愛者」という立場をとらないことはできる。

それはもちろん「異性愛者」になるということではない。「同性愛者／異性愛者」というカテゴライズそのものを疑い、そこから〈自由〉であることを目指すのだ。「同性愛者」としての〈自由〉とは異なる、「同性愛」の〈自由〉は可能だろうか。

その可能性を模索している作家たちはたしかにいる。以下、各作家たちの闘いをそれぞれに見ていくが、「同性愛者」を疑う彼らのまなざしは、同時にそれにまつわる「恋愛」や「結婚」にも向かわざるをえない。「同性愛」ばかりでなく、「恋愛」や「結婚」は今後どうなってゆくのだろうか。

経過的状況を描いたものとしては、たとえば江國香織[※2]『きらきらひかる』（一九九一年）がある。ここでは、見合いの席でカミングアウトをした男性は、同性の恋人もいるれっきとした「同性愛者」である。見合いをしたのはあくまで社会的圧力のゆえだが、相手の女性は自らのアルコール中毒をカミングアウトした上で、結婚を受け入れる。

夫婦間に愛情がないわけではないが、しかし夫の性愛はあくまで同性の恋人に向けられるこの不均衡な関係は、あくまで社会の抑圧がもたらしたものである。妻は受け入れても、その周囲にまで同性愛者の夫という存在が理解されるとはかぎらない。

実際、次なる抑圧として、子づくりが問題になったさいに、夫の性志向が暴露されてしまう。この状況をどうするかが作品のクライマックスになっているが、このストーリーは、家族や周囲

※2　昭和三九（一九六四）年、東京都に生まれる。目白学園女子短期大学卒業。詩や児童文学も手掛ける。他の代表作に、『号泣する準備はできていた』（直木賞受賞作）など。

の同性愛者に対する無理解があってはじめて成立するものである。社会が同性愛者の権利を認めるようになれば、そもそも二人の結婚もなく、作品も生まれない。今後こうした作品を書くことは難しくなるだろう。

## 2　告白の暴力性と名づけの回避――坂上秋成

それだけ三島の呪縛が強かったということだろうか、男性作家が同性愛の《罪》や《種》を乗り越えようとする動きは、女性たちに比べてあきらかに遅かった。『仮面の告白』以来、男性作家の描く主人公たちは、〈自分は同性愛者なのではないか〉という《アイデンティティ》をネガティヴな問題として悩んできた。

橋本治や藤野千夜らが「同性愛者」から《病》や《罪》のニュアンスを除去し、肯定的なイメージへと反転させようとするにあたっての苦労には計り知れないものがあったろう。しかし、彼らはあくまで、「同性愛者」としての《アイデンティティ》の旗印の下で闘ってきた。時代は今や彼らに追いつき、それゆえ、この方向で新たに書き進めるのは難しくなった。

次のステージへ進む、つまり「同性愛」は描きながら、それをポジティヴに、かつ《アイデンティティ》と結びつけることなく話を構築するためには、先輩たちとは異なる苦労があるだろう。なにしろ《アイデンティティ》は近代文学全体を貫く背骨のようなもので、これとひとたび結びついてしまった「同性愛」をそこから引き剥がすか、《アイデンティティ》そのものをもはや無効な概念として「同性愛者」やその他の属性もろともに引導を渡すか、の二つの戦略をしか採りようがないのだから。

《アイデンティティ》そのものに疑いを投げかける作品は既に出てきているが、それを「同性愛者」という次元で具体化した作品はまだない。

たとえば、坂上秋成[※3]『夜を聴く者』(二〇一六年)では、「同性愛者」ではない男の、同性への想いが描かれるが、そこに至る前にまず『惜日のアリス』(二〇一三年)という迂回を必要とした。『惜日のアリス』の主人公の少女は、小説を書き、あるいは人前で朗読ショーをすることに《アイデンティティ》を見出す。詩を書く男性と知り合い、将来を考えつつ同棲するまでに至るが、男は突然外国に行くといって、二人は別れることになる。

その後、主人公は新宿二丁目のバーに通うようになり、そこでかなり年下の美貌のシングルマザーと出会い、今度はその母娘と暮らすようになる。同性愛はもはや《通過儀礼》ではなく、むしろ異性愛こそが同性愛に至るための関門であったかのようだが、同棲相手を男性から女性に、

※3　昭和五九(一九八四)年、東京都に生まれる。早稲田大学法学部卒業。ミニコミ誌「BLACK PAST」「ビジュアルノベルの星霜圏」の責任編集を務める。他の代表作に『モノクロの君に恋をする』など。

異性から同性に変えるにあたって、その間に何が起きたのか。

ビアン・オア・ノットビアン。あまりにも陳腐な問いかけ。正確な定めなどどこにも存在せず、自身がそれを宣言するかどうかにすべてがかかっている。そういった部分の方が強いけれどそうでもない部分もあるというような曖昧な発言をしていると、わずらわしい事態を引き起こす場合もある。快適に暮らすためだけに、私は私を名指している。十代の頃には随分な数の男性と寝ていた。十七人か、十八人か。男性と同棲していた時期もある。流れていた空気と時間に関する記憶は鮮明ではない。別れてからしばらくの間、他人に興味を持てない時期が続き、労働時間外のリソースをすべて書き物につぎこんだ。四年ほど経った。自分でも満足のいく、なかなかに素敵な物語が書き上がった。他人に読んでもらいたいという感情も湧きあがった。趣味は合わないが活字に強い愛着をもっている同僚の女の子に印刷した原稿を手渡した。次の日から彼女は毎日机を訪れるようになった。今はどんなお話をかいているんですか、どれくらいのペースで書いているんですか、恋人はいらっしゃるんですか、胸を触っていただけますか。二ヶ月の間に百回以上のセックスをこなし、三回の浮気ですすべてが終わった。感傷も抵抗も情熱も執着も感動もなく快楽だけが記憶された。ただなんとなく、この先男性と寝具を共にすることはないのだろうと思った。[※4]

「レズビアン」かどうかは「自身がそれを宣言するかどうか」だけの「あまりにも陳腐な問いかけ」であると言いつつ、「わずらわしい事態」を回避するためだけに「私は私を名指ししている」。

ここでのカミングアウトは、外からの圧力によってなされるものであり、これはフーコーが「告白＝懺悔」に関して言ったのと同じ仕組みが見られる。「告白せよ」という外からの命令によってはじめて「自分は同性愛者なのか」という問が生まれるのだ。しかも主人公は、それを《アイデンティティ》として内面化する前に、問のばかばかしさに気づいてしまっている。

同性の同僚との関係にいわば目ざめたあと、「この先男性と寝具を共にすることはないのだろう」という予感はするが、それは「ただなんとなく」のことであって、自分をそう生まれついて変更不能な「レズビアン」という《種》として同定することからはたしかに〈解放〉されている。

しかしここからさらに、《アイデンティティ》や《種》について意識することからさえも「自由」になるためには、次作の『夜を聴く者』まで待たなくてはならなかった。

中学校以来十八年に亘る悪友であり親友であるミハイとトウヤとは、しかし少なくともミハイにとっては「友人」というカテゴリーでは括り切れない関係にあった。トウヤにはこずえという恋人がおり、たまには三人で呑むこともあったが、ミハイは自分の心の裡に嫉妬が湧き上がるの

※4　坂上秋成a、九三―九四頁。

を隠せない。

ミハイはハンモックに飛び乗り、ゆらゆらと布がたゆむ様を楽しみながら、トウヤのことを想った。中学の頃、彼らの関係は今よりもはるかに単純なものだった。共に学校に通い、放課後に馬鹿をやる親友という説明で事足りた。けれどミハイは年月を経る中で、その響きに頼りなさを感じるようになっていた。親友という言葉は機能し続けていたが、そこには家族と過ごすような情愛や、会話が噛み合わなくなることへの怯え、そしておそらくは、白い皮膚に触れたいとする情欲が混じっていた。

人と人との関係を示す言葉の数は、この世界にさして多くはないようだった。既存の言葉をできる限り思い浮かべたが、ミハイはしっくりくるものを見つけ出せなかった。分かりやすいものが欲しいな、と彼は独りごちた。彼は、長い時間のなかで曖昧になってしまったトウヤとの距離を正確に測り、誰が見ても分かりやすいものにしてくれるような言葉を求めていた。

……床に就くには早すぎる時間だった。暇を持て余したミハイはおもむろに起き上がり、部屋の隅に重なっている雑誌から一冊を抜き取って、マスターベーションを開始した。彼は黒髪を細い腰まで伸ばした少女の裸体をじっと見つめていた。そろそろ行為が終わるかという時に、トウヤの顔が割り込んできた。彼はそれを薙ぎ払って女性の裸体に意識を戻そうとはせず、無心にペニスを擦り続けた。射精の結果、彼の精子は垂直に跳ねあがり天井を叩いた。それは彼がこれまでに出した中で最も長い飛距離だった。[※5]

「親友」と言うには艶めかしすぎる思いをミハイはトウヤに抱く。嫉妬は「性」に関係しないところ、たとえば小学生の友だち同士の間でも起きうるが、しかしミハイは明らかに「性欲」を自らに認めている。しかしその上で、「自分は同性愛者なのか」という問は一切ミハイの頭をよぎることがない、というのが大事なところである。三島の時代であれば、相手を獲得することよりも、自分の性的指向について多くを悩み、深く落ち込んでいたはずだが、ミハイにそうした疚しさのような感覚は一切見られない。

「あなたはトウヤの一番じゃないのよ」、と綾鳥こずえは続けた。「どれだけたくさんの人間に接していようとも、馬鹿は馬鹿なんだってことがよく分かる。弁護士の先生たちが必ずしも業務の外で優秀とは限らないのと同じ……。恋人はね、親友よりも上の存在なのよ。あ

※5　坂上秋成a、九四―九五頁。

なたが涼しげに見栄を張ろうが、あるいは必死に追い縋ろうが、あたしよりも優先されることはないの」

その言葉を、ミハイは上手く呑み込めなかった。だが、綾鳥こずえの意図が理解できた瞬間、彼の顔は熱された煉瓦のような色に変わった。目の前にいる女の、あまりにも古びた感性への怒りが、脳天からつま先までを支配した。呼称に勝ち負けがあると断定してしまえる下劣な神経をすぐにでもねじ切ってやりたかった。

（中略）

ミハイはトウヤの恋人ではなかった。ミハイは何故トウヤの恋人ではないのだろうと考えた。ミハイはトウヤを親友だと思っていた。ミハイは自分のことを親友と思っているかをトウヤに訊いたことはなかった。ミハイは誰かが自分とトウヤのことを観察してくれていればいいのになと思った。ミハイはその観察をしている人が自分たちの関係にちゃんと名前を付けてくれればいいのになと思った。ミハイは強い言葉を求めていた。恋人よりもずっと強くはっきりとした形のある言葉を求めていた。※6

性欲をも伴う同性への強い愛情は「同性愛」と、とりあえずは呼びうる感情であろう。しかしそれでも、ミハイを「同性愛者」と言うことはできない。性欲が溜まればデリヘルで女性を頼もうとするし、金がなければ女性を妄想して処理しようとする。トウヤだけが特別なのだ。トウヤが女だったらよかったのだろうか。いや、それではトウヤがトウヤでなくなってしまうだろう。トウヤを最もよく知り、その存在をそのありのままで愛することにかけて誰にも負けはしないと思うミハイではあるが、名前のつかないものは弱い。世間には名前のつかないものの居場所はない。「恋人」を世間的な意味で正しく名乗れるこずえの方が圧倒的に優位に立っている。

だからこそ、ミハイは「恋人よりもずっと強くはっきりとした形のある言葉を求め」たのだが、しかしこれは無論、一つのジレンマである。もしそこになんらか名前がついてしまった以上、二人の関係はその名前に縛られることになるからだ。その時トウヤを純粋にその存在のあるがままに受け止めていたはずの目に、名前というレンズがはめられることになる。

ミハイがその手前でとどまりつつトウヤにこの名づけられない思いを果たして伝えられるのか、作品は明らかにしていない。しかしそれでも、ミハイを通じて坂上が「同性愛者」という《アイデンティティ》に囚われない関係性に新たな途を拓いたことはたしかである。

凡てを明快に割り切る「強い言葉」は文学のことばではない。この作品が優れているのは、ミハイに鍼灸師という役を当てたことにある。西洋医学では説明しきれない鍼治療の効能をそれで

※6　坂上秋成a、一一一―一一三頁。

も確信し、なんとか人に伝えようとするミハイの職業上の悩みは、自分の内なるトウヤへの想いのメタファーになっている。

ここで、「同性愛者」が西洋からの輸入概念だったことを思い出すべきだろう。「LGBT」もまた。そのような「強い言葉」の入ってくる以前の日本には、同性を想うことに対する疚しさはなかった。その〈自由〉を再び手にするためには、坂上が示したように、「強い言葉」にどう立ち向かうかが問われる。

「同性愛」がなんらか文学の中に居場所を見出しつづけるには、ミハイのような、「強い言葉」に容易に搦めとられない存在が必要だ。しかし彼はまた一方で、「強い言葉」に強い憧れを抱いてもいた。

坂上はさらに、『私のたしかな娘』(二〇一八年)でこの問題に挑んだ。三十代半ばの独身男性である主人公は、勤め先のレストランのオーナー夫婦が多忙であるため、頻繁にその幼い娘を一人暮らしのマンションに預かる。そこにはたんなる親切以上の歪んだ愛情があるが、ただしそれは予想されるような幼女愛ではない。

たしかに主人公は六歳頃からしょっちゅう一人暮らしのマンションで預かる由美子に、六年に亘り「エレナ」という別名を勝手につけて、我が娘のようにしてかわいがる。しかしそれは本当に「私のたしかな娘」なのであり、決して「エレナ」に恋しているわけではない。愛の対象は娘の父親に対してである。「エレナ」は彼と自分との間にできた愛娘なのだ。

　しかし、かといって主人公はオーナの妻になりたいわけではない。彼はあくまで「エレナの父」なのであり、トランスジェンダーでは少なくともない。ゲイだとは言えるかもしれないが、丹念な心理描写は、「強い言葉」で括られきらない主人公の複雑な内面を描き出している。

　坂上の主人公がこの社会でこのまま年齢を重ねてゆくならば、はたしてどこまで「強い言葉」から逃げつづけられるのか。

## 3　意識の彼方へ――加藤秀行

『夜を聴く者』のミハイと同じような原体験をしながらも、それを「異性愛者／同性愛者」のカテゴリーで分類せざるをえず、それゆえに苦しみを味わった者は少なくないのではないか。

二分法を「正／誤」あるいは「善／悪」と捉え、同性への思いを無理にでも押し殺そうとした者。

「同性愛者」を自認したものの、それを「悪」とすることまで取り込んでしまったがゆえに、自己否定的感情に囚われてしまった者。

「同性愛者」を自認し、それが「悪」でないと自らは信じつつも、世間はそうは思っていないと考え、疎外感を覚えた者。

　もちろん相手のある恋愛の一種である以上、想いが叶えられるかどうかの悩みはなくなりようがないが、右の三つの苦悩はカテゴライズからはじまったものであり、日本では百年ほど前までは無縁だった悩みである。そしてはじまりがあれば、おわりもありうる。ミハイはその可能性を仄かにわれわれに垣間見せてくれた。

「同性愛者」というカテゴリーを疑いつつも面倒を避けるために受け入れていた状態から、名づけえぬ同性への思いへ、という流れの先には、そもそも相手が異性なのか同性なのかが意識に上らない、という状態が想定される。加藤秀行[※7]は『シェア』(二〇一五年)でそのような女性を描いたが、やはりそこに至るには『サバイブ』(二〇一五年)という迂回を必要とした。

加藤のデビュー作である『サバイブ』は次のようにはじまる。

> 俺は男友達の主夫をしている。子供はまだない。
> 旦那であるところの男友達は二人いる。二夫一妻制(しかも妻は男)が法律として検討されることは、遠くオランダやアメリカのメリーランド州ならいざしらず、日本では「移民政策の次の次の次くらい」先の話になるだろう。(中略)
> 主夫とは言ってみたものの、婚姻関係にもなければ恋人関係ですらない。すなわち婚前交渉も当然ない。純粋な同性交遊だけがそこにある。その意味では家政夫に近い。[※8]

『吾輩は猫である』を思わせる冒頭から、語り口は軽い。エリート男性二人と暮らす主人公ダイスケは、自ら言うとおり一種の住み込みの「家政夫」である。いわゆる腐女子の方々には垂涎ものの設定だろうが、本人の申告によれば「婚前交渉も当然ない」。

「同性愛者」でない以上、そこにつきまとっていた《病》や《罪》のもたらす暗さとも無縁であって当然なのだが、しかし、冒頭に「子供はまだない」とわざわざ宣言するのはなぜなのか。もちろん男同士が一緒に暮らすには、それなりの言い訳が必要だからである。

当人がどこまで意識しているかは知らず、これは言うまでもなく、「同性愛者」を疑われることへの先回りした配慮の表われである。「純粋な同性交遊」とはもちろん「不純異性交遊」の裏返しであり、ここには「異性愛者／同性愛者」ばかりか、それを「善／悪」と捉えるカテゴリーが前提されている。

もちろん、この配慮はかつては必要のなかった類のものだ。『吾輩は猫である』の作者は、学生時代に友人となんと二畳一間に下宿していた。引っ越してくるにあたって、二人の関係を大家

※7　昭和五八（一九八三）年、千葉県に生まれる。東京大学経済学部卒業後、『サバイブ』で文學界新人賞を受賞。他の代表作に『キャピタル』など。

※8　加藤秀行、一〇一頁。

に言い訳する必要はなかっただろう。詮索も「誤解」もそこにはなかった。

しかし、もしダイスケたちが「誤解」を恐れるなら、なぜあえて同居などするのだろうか。低収入の主人公には経済的な恩恵があるとはいえ、高給取りのエリート二人に必然性はないように見える。それゆえ、主人公は二人のような存在と同居することへの居心地の悪さを拭えず、女じゃなくていいのか、と尋ねるが、お前でいいよ、と返されるのだ。

以降、この三角形は安定する。恋愛も性も介在しないこの空間が誰にとっても心地よい。借り物の「強い言葉」を使えば、ホモソーシャルな関係ということで、ここに性が入り込めばホモセクシュアルになる。「同性愛者」以前の日本では、この両者にすら明確な境界を引かなかった。『こころ』の先生は、セクシュアルな要素がなくとも、「私」の自分に対する気持ちを「恋」と呼んだのだ。

とすれば、この三人の間にあるのも「恋」と呼んで差し支えないのかもしれないが、ダイスケだけでなく、われわれもそれにはいささか躊躇するだろう。「強い言葉」は強い。その拘束をふりはらって考えることは難しい。

加藤は、「純粋な同性交遊」というなんだかよくわからないことばでしか名指しえない関係を示すことによって「同性愛者」というカテゴリーを揺るがせたが、壊すべき敵としてここではまだ明確に意識の上にあった。それが次作『シェア』となると、もはやなんらの断りも言い訳もなく、同性愛関係にある女性同士が描かれる。

いや、「同性愛」と厳密に言い切ることはできない。恋愛や性愛を直接示すことばがただの一度も出てこないからだ。ただ、一緒に暮らし、一緒の布団にくるまり、時に鼻を擦りつけあうようにして眠る二人の女性が描かれるばかりである。

主人公のミワは、『惜日のアリス』と同様に男性と暮らし、結婚もしていたが、離婚した後にベトナムからの留学生ミーと暮らしはじめる。ここでも《通過儀礼》は逆転している。おそらく二人の間に性的関係はあるのだろう。そして読者からのこうした下世話な詮索があるだろうことを十分承知の上で（それは『サバイブ』で証明済みだ）、あえて作者はそれを明示するものを一切書かない。

しかし、それは不自然ではない。なぜなら視点がミワに据えられている以上、ミワの意識に上らないものは書かれないからである。つまりミワは、先ほどのダイスケとは異なり、もはや異性の夫と別れたあとに同性と関係を持つことになんら不自然さも疚しさも感じていないということになる。

自明なものは書かれない。「同性愛」は自明なものとなり、無徴化された。ここではおそらく、同性を愛することは存在しても、「同性愛者」というカテゴリーは消失している。

この点がこの作品の最大と言っていい読みどころなのだが、難しいのは、こうして無徴化した同性愛は後景化されてゆく。それはたしかに一つの「自由」ではあるが、かくも自明なものとなれば、文学として取り上げる意味も失われてゆく。時代性や同性愛文学の系譜を勘案せず、前作からの繋がりも知らずにこれだけを読んだ時に、これが「同性愛の無徴化」を扱った作品だと果たして理解できるだろうか。「ない」ことを、「ない」と書かずに「ない」と示すのは難しい。このやり方で同性愛を扱うのはこれで終わりにするしかないだろう。

## 4 恋愛にも性にも依らない関係性——山崎ナオコーラ

ここで山崎ナオコーラ[※9]を出すのは、あるいは不審を招くかもしれない。山崎が同性愛を一編のテーマにしたことはないからだ。しかし、「無徴化」ということで考えたとおり、後景化する、つまりテーマになるほどの大問題ではなくする、というのが一つの戦略になりうる。山崎が意識してその戦略を使っているようには見えないが、それでも作品内に同性愛へのちょっとした言及は度々出てくるし、またそれとは別に同性愛を揺るがすもっと大きな爆弾を抱えている。それは、同性愛にかぎらず異性愛をも含め、恋愛全体を破壊しようという大作戦だ。しかしまずは、山崎が同性愛をどう見ているかを探ることからはじめよう。

『この世は二人組ではできあがらない』(二〇〇九年)に出てくる「同性愛」は、脇役のほんの短いエピソードにすぎない。主人公の女子大生が卒論の打ち上げで聞いた話である。友達の「服部くんの同性愛話」は次のようなものだ。

なんと服部くん、高校生のときに、男の子のをくわえたことがあるのだとか。しかしまだ童貞らしい。挿入がないのは童貞とのこと。それでも女の子とのファーストキスは小学生のときだという。それを聞いて、金田くんが笑い転げ、背中にはっぱをくっ付けて、ぐるぐる転がっていく。[※10]

これで凡てである。卒論が仕上がって気分が昂揚しているせいもあるのかもしれないが、既にここにはカミングアウトに伴いがちな悲壮さが全く見られなくなっている。三島由紀夫が「同性愛者」たる「告白」だけで一冊の書物を書けた時代からすれば、なんと軽くなったことだろう。もちろん、現実にはまだまだカムアウトは躊躇われる状況にあるだろう。たとえば、恋を告白した当の相手によって自分がゲイであることを他人に公言（アウティング）されたことを悩んだ

※9　昭和五三（一九七八）年、福岡県に生まれる。國學院大學文学部を卒業。『人のセックスを笑うな』で文藝賞を受け、デビュー。他の代表作に『美しい距離』など。

※10　山崎ナオコーラa、一四頁。

学生が自殺したという、なんとも痛ましくやりきれないニュースを聞くと、三島のような暗くて重い「同性愛者」としての告白がまだ現実なのだと思い知らされる。

右の服部くんのようなかたちでの軽いエピソードとして語ることはできなかったのだろうか。できなかったのだろう。おそらく「同性愛者」としての内面化が完了し、またその恋愛の当の相手に語る以上は、「告白」のネガティヴな要素が二重化してしまう。恋心を訴えるだけでも弱い立場に立たされているのに、そこに同時に自分が同性愛者であるという告白が絡みついてくるのだ。

話を服部くんに戻せば、彼も実は語り出す前には密かに怯えていたのかもしれない。語りが「私」の一人称なので、そこはわからないが、金田くんの反応を見れば、語りは成功だったと言えよう。

「私」は「なんと服部くん」と、驚きを隠さない。それはもちろん「同性愛」だからである。高校生時代の異性との性行為であれば、大した話題にはなるまい。

しかし、「それでも女の子とのファーストキス」の話をすることで、服部くんが「同性愛者」であるとのカテゴライズの力は弱められている。もちろん「まだ童貞」というところからは、今後も同性に目を向けつづけるのだろうと推測されるが、それでも周りの誰も、笑こそすれ嫌忌はしない。

笑われることすら差別であると言うこともできるが、金田くんが笑ったのは、「童貞」という言葉の使用法ではないかと思われる。少なくともこのエピソードで笑うべきは、普通は男女の間で使う「童貞」を男同士にあてはめた時に生ずるズレである。少なくとも三島が抱えていたようなわだかまりは服部くんにはなく、また周りの誰にも伝染しない。

主人公の「私」自身は、特に同性に惹かれるということはないが、それ以上に恋愛に関する既成の概念そのものを疑っている。

好きだ、という科白をひとりの異性にしか使ってはいけないという社会通念を、私は馬鹿にしていた。どうして全員が二人組にならなくてはならないのか、なぜ三人組や五人組がいないのか、不思議だった。[※11]

もちろん、ここでまず批判されている「社会通念」とは、「好きだ」という相手が「ひとり」であるべきという、恋愛における一対一というペアリングの問題であろう。だが、「好きだ、という科白をひとりの異性にしか使ってはいけないという社会通念」と言う中に「異性」ということばが入り込んでいることに注目すべきだ。「三人組」、「五人組」と言う時、それが一人の人

※11　山崎ナオコーラa、一九頁。

間が二股あるいは四股を隠して交際しているのでないかぎり、つまり「三人」あるいは「五人」が「組」として内部で対等な関係にあるかぎり、必ずそこには同性同士の関係も結ばれることになるはずだ。加藤秀行で見たような同性だけの「三人組」、「五人組」は十分ありうるとしても、「異性愛」の論理だけで支えることはできない。

あるいはまた、出産については次のように考える。

文化的に発展した国においても、決まった男に操を立て、子を産み、その男に子育ての手助けをしてもらうことが、幸せと定義されるのだろうか。私は子どもを産みたいが、周囲の雰囲気に飲まれて産むのは嫌だ。もちろん、自分さえ楽しく生きられれば良いと考えているわけではなく、死んだあとの世界をより素敵にできるような生き方がしたい。人間として生きていくにあたって、個人として過ごすだけでなく、周りの人間の役に立ちたい。そのとき、もしも子どもを産まなければ人類の役に立てないと考えるとしたら、同性愛の人たちにはどう言うのか。[※12]

「平等」が「私」の思想の根幹にある。「同性愛者」ではなく「同性愛の人たち」という文章の呼吸は、「私」のそしておそらく山崎ナオコーラの気配りの自然な現われなのだろう。「〜者」という短く切り捨てるようにも聞こえる語を「〜の人たち」と言いかえることであたたかく掬いとっている。

もちろんそれだけで、山崎が「同性愛」は認めても「同性愛者」は疑うというわれわれと同じ立場をとっている証拠には全くならないが、それでもここには「周囲の雰囲気に飲まれ」ることを拒み、「社会通念」を一から問い直す姿勢が示されている。

その時、愛するのが異性か同性かということは大きな問題にはならないはずだ。なぜなら、「私」は次のように考えるからだ。

人はひとりで完全だ。だからベターハーフなんて探していない。価値はひとりの人間に十分にある。

「自分の存在のために誰かが必要」という考えでは生き続けられないだろう。アンドロギュヌスが半分に割れて、現在の人間に生まれたなんて、嘘だ。

人と人とは、関係がない。誰も、誰かから必要とされていない。必要とされてないのに、その人がそこにいるだけで嬉しくなってしまうのが、愛なのではないか。[※13]

※12　山崎ナオコーラa、三四頁。

「ベターハーフ」とは、「愛（エロス）について」という副題を持つプラトン『饗宴』に出てくるアリストファネスの説に由来する。それを真っ向から否定して、饗宴の参加者六人の誰からも出なかった大胆な自説を開陳する「私」だが、附言しておけば、アリストファネスが語ったのは「アンドロギュヌス」だけではなかった。「アンドロ」＝男、「ギュヌス」＝女が割れた場合はそれぞれが異性を求めるが、もともと「男男」あるいは「女女」として生まれた者たちは、神によって引き裂かれたあと、同性を愛し求めるのだ。

そして、男尊女卑においてかつての日本に劣らなかったギリシャの考えによれば、この三種の愛にも「男」度によって格差があった。「男男」「男女」「女女」の順に価値が下がってゆくのだ。「私」は無論、こうした考えにも反対している。だから、つきあって同棲し、結婚まで考えるような相手がいても、心のどこかで「性別から解放されたい」[※14]と思っている。「女は男に優しく扱われるべきだ」という裏返しの男尊女卑である「戦後日本に入ってきたアメリカ的価値観」[※15]を拒絶する。

山崎の「私」は、後で見る村田沙耶香とは異なり、枠組みを破壊しようとまではしないが、その中でできる闘いを「ひとりで」闘う。戸籍制度そのものを壊滅させようとはしないものの、分籍手続きによって個人の戸籍を持つ。

そこまでして恋愛や結婚や家族にまつわる制度を疑うのは、「人間は遺伝子の乗り物ではなく、文化の乗り物である」[※16]との信念があるからだ。われわれが文化を利用しているのではない。文化の方がわれわれを使ってできるだけ遠くまで行こうとしているのだ。

人間である以上、文化と切り離されて生きていくことはできないが、文化にただ乗りされることを山崎は許さない。どの文化を乗せるかの選択権は握っていたいと思っている。そして「性」に基づくあらゆる格差に関して乗車拒否を貫こうとしている。

『私の中の男の子』（二〇一二年）でも、若くして作家になった「私」は、担当の男性編集者（服部という名前だが、「同性愛の人」ではなさそうだ）を愛しながら、自分も男性になりたいと思う。それは、女性は女性であるというだけで容姿が殊更に問題とされるという差別を受けている、という正しい認識に基づくものだが、著者近影を担当編集者のそれとすりかえようと画策するまではともかく、自分の胸を切除してしまうまでに至る。この点では、村田沙耶香『ハコブネ』の里帆を越えていた。

※13　山崎ナオコーラa、一〇六―一〇七頁。
※14　山崎ナオコーラa、一一〇頁。
※15　山崎ナオコーラa、一四四頁。
※16　山崎ナオコーラa、一六九頁。

これはしかし、いわゆる「トランスジェンダー」とは異なる。ここにあるのは他方のジェンダーへ移行したい欲望よりも、ジェンダーそのものを越境したい、あるいはその境界を破壊したいという考えである。胸の切除は、他者が遠くから見て女性だとわからなければそれでいいということを意味している。

性に関して近年主題化される三つの区別、すなわちセックス、ジェンダー、セクシュアリティのすべてにおいて、山崎は差別以前の区別をすら一切をなくそうとしているかのようだ。現実社会が山崎の示した方向に進んでいくのかどうかはわからない。しかし、あらゆる意味での性差をなくしてしまおうとするこのやり方は、政治的正しさを目指すどんな中途半端な方法よりも理論的に正しい。山崎は村田と違って自分なりの「正しさ」というものを持った上で闘っていると言える。

ただし、「私」の示したこうした志向が、女性としての自己否定、男性の側への越境というかたちをとるのは、男尊女卑という「文化」を越えようとして、かえって「男性性」という「文化」に囚われてしまっているのではないだろうか。胸の切除は、男性優位を補強してしまうことにもなりかねない。「山をかっこいいと感じる心は文化によって育てられたセンスなのだろうか。」[※17]という正しい疑念をもちながらも、「私」はかなり危うい位置にいる。それほどに、文化の力は強い。殊に性や性差に関する文化は。

それでも、作家であることによって「ひとりで」生きていくことに「私」は自信を持つ。「作家としての自分には、恋人の有無が、なんの関係もしてこない。自分の中に男がいるからだ。」[※18]という「私」は、実に、「ひとりで」あのアリストファネスの「アンドロギュヌス」になりおおせた。

しかし、ということは、ここでももはや「同性愛」ばかりか「異性愛」もなくなってしまう。恋愛や性愛そのものが危機に瀕しているというのか。

## 5　恋愛の外の一過性同性愛――吉本ばなな

そういう面はあるだろう。近代は恋愛に憑かれつづけてきた。これが尋常な状態でないことを、夏目漱石は『吾輩は猫である』の中で百年以上も前に喝破していた。曰く、結婚はそのうちなくなる、と。それはいずれ恋愛自体が不可能になるからだった。

この予言は男の口から発せられたが、それでもトロイアの女予言者カッサンドラよろしく、当時は相手にされなかった。大学院で漱石を指導教授とした厨川白村は、修士論文で恋愛を主題

※17　山崎ナオコーラb、一六八頁。
※18　山崎ナオコーラb、一九二頁。

とし、後に『近代の恋愛観』で、永遠の都はローマにあらず、恋愛なり、といって世間を沸かせた。『猫』もベストセラーだったが、恋愛の予言は注目されず、一方『近代の恋愛観』は非常によく読まれたばかりでなく、その恋愛思想は大きな影響を与えたのだった。

しかし、男は「草食」すら越え「絶食」になりつつあると言われる今、正しいのは漱石の方だったことは明白だろう。予言はたしかに成就しつつある。

恋愛に疲れ、主体性を失った男たちをよそ目に、女たちがたまさか寄り添うことがある。吉本ばなな『スナックちどり』(二〇一三年)では、アラフォーの従姉妹同士が、二人旅に出たイギリスの片田舎で、前触れもなく肉体関係を結ぶ。

四十歳手前で離婚した主人公の「さっちゃん」と、幼い時に父が失踪、母が急逝し、育ててくれた祖父母を亡くした「ちどり」は、ペンザンスというなにもない「十分に端っこ感」のある場所に旅に出る。二人に共通するのは、家族を喪失するという経験であった。

夫のいたさっちゃんはもちろん、ちどりも「同性愛者」ではなかった。ちどりの祖父母はスナック「みどり」を経営していたが、二人亡きあとバーとして再出発するにあたって、ちどりは「近所の、いつもジムで体を鍛えている屈強なゲイのお兄ちゃんをバーテンダー兼用心棒にスカウトして雇うことに」[※19]する。他者を「ゲイ」として括っているが、わざわざ雇い入れるくらいだから、忌避してはいない。

しかし、旅先で数日を過ごすうちに、ちどりの孤独感が二人を繋ぐ。

「さっちゃん、すごく淋しい。眠れないほど。そっちのベッドに一瞬行ってもいい？

ぎゅっとしてくれる？」

「いいよ。」

私はちょっと寝ぼけながらふつうに言った。

ちどりが小さい女の子みたいにベッドに入ってきて、ただでさえ小さめのベッドがぎゅうぎゅうづめになった。私はちどりを抱きしめて頭をなでた。

（中略）

しばらくそうやってくっついていたら、ちどりがつぶやいた。

「しまった、おばあちゃんとくっついているのと違って、若い肉体に接していたら、なんだかムラムラしてきちゃった。体は正直だね。ねえ、さっちゃん、チュウしてみてもいい？」

困ったな、と私は思った。

ちどりにそんな趣味があるなんて全く知らなかったからだ。

※19　吉本ばなな、六五頁。

「ちどり。」

普通に呼びかけたつもりだったけれど、声がかすれた。

「そういう傾向があったの？　そうと知ってたら、いっしょに旅に出たかどうかわかんないよ。」

「そういうんじゃない。私は男が好き。ただ、今、ムラッときただけ。そういうのってない？　試してみてもいいじゃん。ふたりしかいないんだから。[※20]」

ここでちどりは「同性愛者」であることは明確に否定しながらも、「同性愛」を迫ることには躊躇しない。しかしそもそも、関係を持つか持たないかという時に、相手が元々「同性愛者」であったかどうかに意味があるのだろうか。これからすることになにか違いが出てくるというのだろうか。

あるいはこれが一回こっきりの経験なのか、それともこれを機会に自分も「同性愛者」として相手につきあっていかねばならないのか、という選択ならば大きな問題かもしれない。そのため か、「同性愛者」でないというちどりに説得されて、さっちゃんは「試し」に乗る。

結果として、さっちゃんは思う。「人生が変わるくらいに、ただ楽しくて幸せで気持ちがよかった」と。そして次の朝には、「あまりにも自然な朝になったのでびっくりしていた」と。

しかしそれでも、二人が「同性愛者」を自らのうちに発見するわけではない。先の引用では「趣味」、「傾向」ということばが使われていた。

「いやいや、やっぱりそんなことはないよ。やはり、ついてるものがついてるのはいいものだよ。それが入れるべきところに入るという、それが最強だよ。それ以外はやっぱりお遊びだよね。」

ちどりは言った。

それもまた全く普通の言い方だったので、なるほどと思っただけだった。ほっとすることもなく、がっかりもしなかった。

（中略）

つきあいたいわけでもなく、メロメロになってほしいわけでもなくて、ただこのまま親しくいようと思うだけの、静かな気持ちだった。

だれかとあんなすごいことをして、こんなふうに普通でいられたことがあるだろうか。

いっしょに寝た相手を朝にまじまじと眺めて、なんていい顔をしてるんだろうと思って、

※20　吉本ばなな、一一七―一一八頁。

その人を幸せな顔にしたことでなぜか自分に自信がついたことなんてあるだろうか。

これまでのことはみんななにかが違っていたのかもしれない、とさえ思った。

絶対的な信頼がないのに、ちょうどそこに機能があるからってなんとかやっていたことだったのかも。

次はこのくらい落ち着いた気持ちでだれかと寝よう、そんなふうにぼんやりと新しい希望の灯りがともった。[※21]

「つきあいたいわけでも」「メロメロになってほしいわけでもなくて、ただこのまま親しくいようとおもうだけ」であるにもかかわらず、「あんなすごいことを」もする関係。いわゆるセックスフレンドとしてただ性欲の解消を求めるのとは異なる、名づけようもない新しい関係がここにある。

ただ、さっちゃんの「次はこのくらい落ち着いた気持ちでだれかと寝よう」という思いがかんたんに叶えられるとは思えない。これは同性同士であるばかりでなく、長年つきあいのある従姉妹だという安心感の中ではじめて得られたものだろうからだ。おそらくセックスフレンドを探す方が楽だろう。

しかしともあれ、さっちゃんもちどりも、今後も「同性愛者」になる確率はきわめて低いだろう。二人が孤独を埋めるのに、そんなカテゴライズは必要ない。しかも、繰り返せば、この二人の関係は、「同性愛」とすることすらいささか憚られる類のものである。愛はある。しかし恋愛とは違う。かといって性を伴う以上、友愛とか家族愛とも違う。名指しえないということでは坂上秋成の『夜を聴く者』にも似るが、ただしあちらは性を伴った友愛と言うべきもので、またちょっと異なる。

ここには《罪》も《種》としての重苦しさもなく、ただ「新しい希望の灯」が輝いている。吉本は、あくまでもリアルな現在の舞台の上にこの灯をともした。肉親を喪い、配偶者と別れた一人と一人が孤独を癒すための新たな関係であり、「家族」とも「夫婦」とも「恋人」とも、あるいは「セックスフレンド」とも違う名づけようもない関係である。しかし、決してファンタジーでも遠い将来の話でもなく、今のわれわれのすぐそばにありうる可能性として吉本はこの同性同士の関係を描いた。

※21　吉本ばなな、一二八―一二九頁。

## 6　亡びの女予言者――村田沙耶香

一方、その遥か先を一人疾駆するのは村田沙耶香である。『ガマズミ航海』（二〇〇九年）の結真と美紀子は肉体関係にあるが、二人を「レズビアン」としてカテゴライズすることはできない。それは二人が男性とも関係を持つからではない。それならばバイセクシュアルと言い直せばいいだけだが、そういうわけでもない。なにしろ二人の求める肉体関係はセックスではない、少なくとも「本物のセックス」ではないというのだから。性的快楽が目的でなく「生きた人間の肉片を膣でしゃぶりたくて、男とホテルに[※22]」行くような性行為がある、と結真は言う。

結真の中では性行為は二つに分かれる。セックスか、そうでないかだ。さっきの行為はセックスではない性行為だ。（中略）本物のセックスを、ここ何年もしていないのだ。何かをしゃぶりたいという気持ちがここのところ強いせいか、そればかりしてしまって本物のセックスがおろそかになっている気がする。周りにはそんなことはわからないだろう、どちらも挿入なのだから。けれど確かに、その二つは全く違うものなのだ。[※23]

「本物」と「偽物」とを分かつものは「恋」である。「セックスじゃない性行為は、あたしにとって恋じゃないの」。「誰かの体温をしゃぶりたいだけで、相手は誰でも良いんだもん」[※24]。

つまりは〈恋愛／性欲〉という手垢のついた二分法を上書きしているだけのようにも見える。

しかし、「偽物」のセックスが「生きた人間の肉片」を求めることは性欲とはいささか異なるらしい。結真は、「性行為に人肌しか求めていないようなことが、もう何年も続いてるし……性欲どこにいっちゃったんだろーって思うよ[※25]」とも言う。「性欲」は「恋」の側にあり、もう片方には「人肌」だけがある。


だからこそ、「相手は誰でも良いんだもん」と言う時、その性別は問われないのだ。こういう感覚、こういう関係をレズビアンやバイセクシュアルで括ることはできないだろう。

「ガマズミ」という植物の花言葉は「結合」だとあるが、たしかなのは「結合」という行為だけであり、それにどのような名をつけ、そこからどのような関係を築いていくのかは全く自明で

※22　村田沙耶香、一三四頁。
※23　村田沙耶香、一三六頁。
※24　村田沙耶香、一六五頁。
※25　村田沙耶香、一五〇頁。

はない。ガマズミには他に、「無視したら私は死にます」、さらには「未来」という花言葉もあるそうだ。「無視」を忌避し孤独を乗り越えるためだけの、相手の性別を問わない「結合」は、まだわれわれにとって一般的なものとは言えず、それを目指すのは「未来」へのあてどない「航海」のように思われる。

しかし、前にも紹介した『ハコブネ』(二〇一〇年)はさらに破壊的で、性的アイデンティティの追求がついにそれ自体の崩潰に至ることを描いていた。たんなる繰り返しになることを避けるためにも、ほぼ同じ頃に描かれた漫画と比較してみよう。

少年の成長と、その過程での性自認と性志向のゆらぎを丹念に追った、志村貴子[※26]『放浪息子』(二〇〇二~一二年)には、主人公ばかりでなく、その周囲に同じ問題を抱える少年少女が集まる。「LGBT」として自分をカテゴライズする手前におけるヴァリエーションが網羅されるが、彼らは多少の疚しさを抱えながらも、三島や村田の主人公たちのようにそのことに懊悩したりはしない。

『放浪息子』の主人公は、異性装を好む少年だが、自分の恋の相手が同性であるか異性であるかについては、結論を急ぐことはなく、流れに任せているところがある。あるいは主人公のそばで、異性装に憧れ、はっきりと同性を慕う少年の最大の悩みは、もともと女の子と見紛う主人公と違って、自分の容姿が女性として劣っているのではないかということだ。彼の意識は自分の肉体の性器的男性性を疎んじるというより、あくまで肉体を包む服装などの表層的な美醜に向かっている。これは「女性美」にどれだけ近いかという程度の問題にすぎず、女性であっても多かれ少なかれ同じ悩みを抱えているはずのものである。

主人公たちは成長の過程で「じぶんさがし」をするのだが、自分のアイデンティティに「異性装」や「同性愛」が取り込まれることにさほど躊躇しない。性自認と性志向の両方をめぐって「じぶんさがし」をする「放浪」の物語であるが、主人公の少年は途中に見出された自分の可能性をどれも無下に否定することなく緩やかに旅をつづける。『ハコブネ』の主人公の少女の彷徨が鬼気迫る悲壮さを伴っていたのとは対照的である。

『放浪息子』というタイトルの発想の源となっているであろう新約聖書の「放蕩息子」の喩え話は、行く先々で自分のやりたい放題のことをやった上で、最終的に父親の赦しを得て再び迎え入れられ、自分の真の居場所を見出すという幸せな男の話である。「放蕩息子の帰還」とも呼ばれる。弟の放蕩の間もずっと生真面目に働きつづけた兄の視点からすると釈然としないものが残るが、『ハコブネ』の少女はこの兄の生真面目さをもって彷徨をつづけ、行く先々で自分を否定

※26　昭和四八（一九七三）年生まれの漫画家。他の代表作に、やはり自らの性自認や性志向の問題にぶつかる少年少女を描いた『青い花』『ぼくは、おんなのこ』など。

してゆく。否定の連続が彷徨の推進力になっていた。

　レストランでアルバイトをする十九歳の里帆には好きな人がいるが、彼とのセックスが辛く、自分の性に疑問を抱きはじめる。胸をしめつけ膨らみを目立たなくする下着をつけ、ショートへアのウィッグをかぶり、自分の性を見つける旅に出る。とはいえ、近しい者たちに知られるわけにはいかず、異性装は近所の時間貸の自習室の内部での冒険である。しかし、ここここそが自分の還るべき場所だ、というような安心感は全く生まれない。私は女なのか男なのかという問は宙吊りにされたままである。

　性自認ばかりでなく自らの性志向にも不安をおぼえる里帆は、アルバイト先の後輩とおぼしき少女とキスをするが、そこでもしっくりこないものを感じる。これは三島の『仮面の告白』をなぞっているが、三島の主人公が異性とのキスに違和感をおぼえ、自分が「同性愛者」だと悟るのとは二重の意味で異なっている。一つは同性とのキスであったこと、もう一つは違和感がなんらかの「正解」を導くきっかけになっていないということである。里帆は男性とのセックスにも女性とのキスにも自分の居場所を見出せない。

　通っていた自習室で、レストランの常連の椿というアラサーの女性に声を掛けられ、その幼馴染知佳子とも知り合う。知佳子も好きな男性とのセックスに違和感をおぼえずにはいられない女性だった。『仮面の告白』の主人公が書物の中から自分の性的アイデンティティを見つけようとしたのと同様に、自分の性意識に合う概念を見つけようといろいろ調べる里帆に対して、千佳子は「ＦｔＸ」という言葉を教える。女性になりたい男性ならば「ＭｔＦ」すなわち「Male to Female」逆ならば「ＦｔＭ」ということになるが、「Ｘ」とは「Ｍ」でも「Ｆ」でもないものを指す。つまり変数ということだが、変数をアイデンティティを名指すことばに用いるというのはそもそも語義矛盾をきたしているのではないか。

もちろん里帆はかような急拵えの概念になど安住できない。性別を超えたセックスをしようとして椿と肉体的接触を持つが、日ごろから暗闇でも日焼け止めを欠かさない椿はいわばきわめて女性らしい女性であり、しかし里帆も女であることを自覚するばかりで、結局里帆は、自分の性についてなんら着地点を見つけることができない。

一方知佳子は、自らの体が肉体というより物体と感じられてならなかった。憎からず思う男性とのセックスでしっくりこないものを感じる知佳子は、なんと大地に横たわり、地面の穴に指を差し込み、地球とセックスをすることによって漸く安心感を得る。

あくまで「女性らしさ」というお仕着せの概念の中に留まりつづけようとする椿と、性自認も性志向も既成の概念を全く飛び越えたところに安住の地を見つけた知佳子と、既成の概念を細分化することでより自分に近いものを見つけようとして未だ果たせない里帆と。

あくまで三者三様の彼らの出会った自習室が三人にとって「ハコブネ」たりうるというのはど

ういう意味かははっきりしない。わかるのは、『放蕩息子』が新約聖書だったのに対してこちらは旧約聖書にタイトルを負っているということくらいだ。ただ、ノアの方舟が、人類と動物たちが絶滅の危機に瀕した時に、基本的に一つの種につき最低限の個体数をしか載せなかったことを思えば、人類が近い将来種としての危機に晒された時には、里帆や知佳子のような他に類を見ないような個体になっていた方が生き延びる可能性が高まるということなのかもしれない。「ハコブネ」はどこかを目指すというより、いまだアララト山の頂上すら水面から顔を出さない「ガマズミ」の大海を漂うように航海している。

村田沙耶香はこうして、性にまつわるわれわれの観念がたんなる慣習でしかないことを暴き、徹底的に破壊する。それればかりでなく、性の隣接領域までをも。

『タダイマトビラ』（二〇一一年）では、現実の家族をよそに理想のそれを求める気持ちを満たすために、「ニナオ」と名づけたカーテンにくるまれてその感触で寂しさを癒す「カゾクヨナニー」なる独自の自慰行為を見出す少女を描き、「家族」が少なくとも現代においては生存のための必須条件でなく、孤独を忘れるための記号でしかないことを暴いた。「家族というシステムの中で私が失敗者だとして、私はそこであきらめることなどできない。そのシステムがだめなら、他のシステムを試したっていい。」というのは、「家族」にかぎらず性にまつわるほぼあらゆるものが一種の「システム」であることを暗示する。

『殺人出産』（二〇一四年）に至っては、出産が人工子宮によって男性にも可能となる世界が出現している。生理的な性差をなくさなければジェンダー格差も結局はなくならないのだろうか。あるいはこのようにしてあらゆる性差がなくなることを希望と捉えているのかもしれないが、それにしては、少子化解消のためとはいえ、十人産めば一人殺したい人間を殺していいという「システム」はあまりにおどろおどろしい。村田が亡びを予言するカッサンドラでないことを祈るばかりだが、物理的性差が乗り越えられた時にはもはや、性愛に「同性」「異性」という名をつけることの意味も失われているだろう。

村田の描く人物たちはみなことばの正しい意味でエキセントリック、すなわち脱中心的である。「中心」とはあらかじめそこにあるものではなく、人間が勝手に定めた場所にすぎない。村田はその「中心」を囲う枠を恒に越えよう、あるいは越えられぬなら壊してしまおうとする。それによってわれわれは、どこに自分を囲い込む枠があったかに気づくのである。

こうして村田は「同性愛者」どころか、性自認、性的志向、性欲、結婚、家族、出産といったものまでも破壊し尽くす。あとにはなにも残らない焼け野原が広がっているかのようだ。

## 7　同性愛文学の将来

村田以後、もはや「同性愛」は解体され、それについて語るべきことはなにも残っていないのだろうか。

たしかに村田は先駆者であり、他の追随を許さないが、多分に観念的でもある。現在のわれわれの性を含めた生の全体を縛っているのが観念であれば、それに抗するのに観念をもってするのは理に適った戦略ではあるが、もうすこしわれわれの肉体が追いつけるところで世界を再構築する方法もまだあるではないか。

もちろん、「同性愛者」が完全に自明の存在となれば、主題化されることもなくなる。沼田真佑[※27]『影裏』（二〇一七年）の語り手は、トランスジェンダーで、後に手術を受けて女性の体になった人とかつて付きあっていた。その後に親しくなった男性ともおそらく恋愛関係にあったのではないかと思われるが、そこは定かではない。一人称の語りであるゆえに、自明なことは書かれないからだ。ぎりぎりそのような「謎」として意味を持ちうる地点にまで、同性愛は後景化している。

ただしかし、現実世界には「同性愛」にまつわる苦悩がまだ溢れている。そうであるかぎり、書くことはなくならない。

ストーリー展開や文体はエンターテインメント的であるが、同性愛の現在を深いところまで掘り下げて描いた小説に、浅原ナオト[※28]『彼女が好きなものはホモであって僕ではない』（二〇一八年）がある。

波乱万丈の展開は措いて、これを語り手を含む「同性愛者」たちの自己認識をめぐる物語として読むならば、おそらく非常に今現在のリアルを映しているのではないかと思われる。「思われる」という言い方しかできないのは、ここに登場する「同性愛者」たちの自己認識があまりに多様であり、お互いの性的指向の詳細さえ明確に把握できないほど微妙な差異を孕んでいるからである。

たとえば主人公は「サメとイルカが魚類と哺乳類であるように、バイセクシャルと女も抱けるホモセクシャルは似ているようで全然違う」[※29]と断言するが、これはあくまで主人公一人のこの時点での判断にすぎない。

作品全体としては、これもまた一つの恣意的な分類だと言わんとしていると思われるのは、主人公自身はこの分類のどちらにも含まれず、外から眺めて断定しているだけであり、自身のこともうまく分類できていないからだ。

※27　昭和五三（一九七八）年、北海道に生まれる。西南学院大学卒業。平成二九（二〇一七）年、『影裏』で文學界新人賞を受賞。同作はそのまま芥川賞受賞する。他の作品に、『廃屋の眺め』など。
※28　作者に関しては未詳。
※29　浅原ナオト、一六頁。

本当の自分。本当の僕。

そんなもの、そもそもあるのだろうか。本当のことは誰にも分からないならば、僕も僕自身のことを分からないのが当然なんじゃないだろうか。[※30]

そもそもこの作品は、分類そのものを疑う。「同性愛なんてありとあらゆる生物に発現しうる、取るに足らない自然現象[※31]」だが「真に恐れるべきは、人間を簡単にする肩書が一つ増えることだ」。すなわち「同性愛者の肩書は人を簡単にする」[※32]という見解が、主人公のメンターたるＨＩＶ保持者の「同性愛者」自身によって示される。

《行為》をすぐにグループとしての《種》に結びつけることへの違和感がここに見られる。それはかつてわれわれが本書の第一章で見た〈自由 freedom〉に近いが、しかしこちらは「同性愛者」として一括りにされることへの違和感からの〈解放〉としての〈自由 liberty〉である。

もちろん、「本当の自分」を探そうと思うなら、ある程度の単純化は避けられまい。「自分だけは、自分を簡単にしても許される」[※33]とメンターも言うが、文学としてはそこすら踏みとどまってほしい。そしてこの作品自体は、「同性愛者」としての内面化は経ているものの、決して一つには括られない多様な自己認識を描き分けることで、たしかに単純化の罠を免れている。主人公が、同性愛（者）に対する偏見を隠さない人間が「同性愛は理解出来なくても、僕を理解してくれた。僕はそれで十分に満足だ」と独り言つ地点こそが現在の目標とすべきところなのかもしれない。

もちろん、この作品でも示されたとおり、あからさまな憎悪に晒されることもあるだろう。結婚などの目に見える制度における差別もあるだろう。そうしたものに対抗するための直接的な闘いにももちろんことばは関係する。目に見える制度はことばによってつくられているし、それを変えるのもまたことばである。

たとえば先に挙げた、自殺を引き起こしたという「アウティング」は、それを訴えることで法廷でのことばによる闘いに持ち込まれようとしている。しかし、法の改正や法廷闘争のことばは、坂上秋成の言い方を借りれば「強い言葉」と「強い言葉」との闘いである。勝った方がより「強い言葉」としてさらにわれわれを縛っていくことになりかねない。「アウティング」を処罰するということになれば、「異性愛者／同性愛者」のカテゴリーが強ま

※30　浅原ナオト、二四―二五頁。
※31　浅原ナオト、二二頁。
※32　浅原ナオト、二三頁。
※33　浅原ナオト、二五頁。

りかねず、そこに「優／劣」を見出す感覚も強まってしまうおそれがある。なぜなら、「異性愛者」であることのアウティングは存在しえず、「同性愛者」だけが隠しておかなければならない恥ずべきこととされるからである。たまさかある特定の同性を好きになってしまったというのではなく、自分や他人を「同性愛者」として認めてもらおうとするのがカミングアウト、アウティングのことばである。それによって「同性愛者」でなくなる可能性を締め出す「強い言葉」だ。《アイデンティティ》を宣言することによって得られる「自由」と引き換えに、そこに留まりつづけることを強要されるという点で「自由」を失うことにもなりかねない両義的なことばでもある。

それよりも、そもそもなぜ「カミングアウト」、「アウティング」などということが問題となってしまうのかを問うことの方が文学にとっては重要だ。この一連の論考のはじめに見たとおり、日本の近代文学はつい最近までそのような外来語を一切必要としなかった。同性愛はなんら恥ずべきものでも隠すべきものでもなかった。もちろん近代にかぎらずそれまでずっとそうだったのだ。

またたとえば結婚に関しても、社会では「同性愛者」に「異性愛者」と同じ「権利」を与えるための闘争が繰り広げられている。もちろんそれによって当事者が得られる「自由」はあるだろう。より「平等」が達成されるという以外の社会的利益もある。こと日本では、結婚という制度の人気が凋落の一途を辿っている子の時代に、同性婚がそれを救う可能性さえあるからだ。同棲カップルが子育てしやすいように制度を整えれば、少子化に歯止めをかける一助になるかもしれない。

しかし、文学はそもそも結婚を疑う。たしかに明治以来、今の一夫一婦の恋愛結婚という制度の推進に文学が一役買ったところはある。しかし文学はひとたび制度化したものを根本から疑わずにはいない。たとえば、現在の結婚を中心とした家族制度は、根本的に異性愛をモデルにして設計されているのではないか、と。「同性愛者」が結婚を志向することで、異性愛主義をかえって強化することになりはしないか、と。ここで見てきた現代の五人の作家たちはみなひとしなみに、同性同士の結婚を称揚するどころか、結婚そのものに冷ややかなまなざしを投げかけていたことを思い出そう。

結婚の衰亡を予言したのは『吾輩は猫である』の中の、「未来記」と題するノートの中でだったが、漱石にかぎらず、すぐれた作家には予言の力がある。それは、制度に感覚を鈍らされることなく、「強い言葉」に踊らされることのなく、そうしたものに対する違和感の芽を大きく育てることのできる作家たちの力である。「同性愛者」が一つの制度として確立しつつある今、「同性愛者」としての〈自由〉とは異なる〈自由〉を描く可能性をまだ見ぬ同性愛文学に待ちたい。

# 終章　新たな「自由」へ

ここまで百二十年余に亘る日本近代の同性愛文学の系譜を辿ってきたが、吉田修一[※1]『最後の息子』（一九九七年）をもって締めくくりたい。前章で二十一世紀の作品を出しておきながら、あえて二十世紀末にこの作品でデビューした吉田に戻るのは、これが今現在もっともありうる可能性の一つを啓いて見せてくれているからだ。

吉田は後の作品の中でも多く同性愛を描くことになるが、そのほとんどがもはや「同性愛者」としての内面を獲得済みで、後景化してゆくのに対し、『最後の息子』にはアイデンティティの問題が未解決のまま残されていた。

既にとりあげた三島由紀夫以降の「同性愛者」文学と適宜比較しながら、ここにどのような可能性、どのような〈自由〉がありうるのかを見よう。

山崎ナオコーラは自らの向かうべきある明確な一点を見つめ、村田沙耶香はSF的な想像力の翼を途轍もなく広く羽ばたかせる。しかし、漱石の予言の成就が見えるまでに百年かかったように、二人のヴィジョンが現実のものとなるには、どちらもまだまだ時間が必要だ。

一方、吉田の『最後の息子』の主人公は、今まさに、われわれのすぐ隣にいておかしくない青年である。詩を書きつつもデビューのあてもなく、男と同棲しつつも元カノと逢瀬を繰り返す。この中途半端な主人公が、自分の居場所を見出すまでを一人称で語る、王道の物語である。ゆらぎを抱えた「ぼく」が最終的に落ち着く場所とは、一人の詩人としての、あるいは一人のゲイとしての、あるいはその両方を具えたアイデンティティのいずれかなのだろうか。

加藤秀行の『サバイブ』同様、『最後の息子』の「ぼく」は稼ぎのある男性のところに転がりこむようにして暮らしている。ただし、『サバイブ』の主人公が「婚前交渉もない」いわば住み込みの「家政夫」としての務めを果たしているのとは異なり、こちらの「ぼく」は料理上手でお店をいくつも経営する「閻魔ちゃん」と性的交渉を持ち、その一方自分は働きにも出ず、家事もろくすっぽしない。毎日昼頃に起き出しては夕方まで本を読み、散歩をし、時には一日中プラモデルを作りつづけ、食事が出てくるのをただ待つという、専業主夫ですらないヒモ同然の生活をしている。時に「閻魔ちゃん」の財布から金をくすねることすらある。

とはいえ、とことん金目当てというわけでもない。お金を盗むのは、むしろ相手の愛を感じていたいからなのだ。

この頃になると、ぼくはそれまで朝起きてから剃っていた髭を、夜寝る前に剃るようになっている。自分でも信じたくないのだが、たぶんそうするようになったのは、ベッドの中で、閻魔ちゃんがぼくの顎を撫でようとしなくなっていたからなのだ。

それとまったく同じ理由で、ぼくは頻繁に、閻魔ちゃんの財布から金を盗む。盗むといっても、レンタルビデオの延滞料金程度のものだが、もちろん悪気はある。愛されようとするのは、救いようのない悪気だと思う。[※2]

相手からの愛を確認したいために、相手に阿り、あるいは逆にどこまで許されるのかを試す。預かった三百万円を持ったまま数日家を空けたり、ちょっとしたことから暴力沙汰を起こしてしまったりもする。

---

※1　昭和四三（一九六八）年、長崎県に生まれる。法政大学経営学部卒業後、『最後の息子』で文學界新人賞を受賞。他の代表作に『パレード』など。

※2　吉田修一、四八頁。

よくある痴話喧嘩のようにも見えるが、しかし「ぼく」のたちが悪いのは、「自分が閻魔ちゃんを愛していないということ」をはっきり自覚しているからだ。愛してはいないが愛されたい。ただしこの差別にも似た非対称性は、「ぼく」が心の底で同性愛を異性愛より低く見ているからだとは言えない。

実際「ぼく」はむしろ、「閻魔ちゃん」やその店で知り合った「大統領」たち「同性愛者」の中にある自己卑下を発見して驚く。「ぼくは愕然とした。結局、新宿二丁目が嫌いだと言っていたあの男と同じように、自分たちを一番馬鹿にしているのが、自分たちなのだ[※3]」と。

いわゆる「ハッテン場」（この語は作中にはない）となっている近所の「K公園」で「ホモ狩り」が横行し、そこで行為に及んでいた男が殴られて失明するという事件が起きたときにも、抗議すべきだと考える「ぼく」に対して、「K公園」の常連である「大統領」はそれがたんに「運が悪い」というだけですまそうとする。「最悪だろ。コンビニで腐ったプリンを買うくらい運が悪いよ」と。さらに続ける。

「ホモ狩りにあって失明したからって、俺たち仲間が声を上げて抗議でもしてみろよ。早速どこかの記者たちがやって来て『あのぉ、抗議の女装パレードとか、やらないんですか？』なんて聞かれるのが落ちさ」

「どういう意味だよ?」
「だから失明した上に、笑われるってことだよ」[※4]

「同性愛者」を「仲間」として括る括りは、その発生以来の疚しさの感覚から抜け出せず、「ぼく」はそこに卑屈なものを感じるが、しかし現実を見れば、「大統領」の「意見も間違ってはない」と言わざるをえない。

しかし、その「大統領」は、まさか自分が「コンビニで腐ったプリンを買う」以上の「最悪」の「運」に見舞われるとも知らず、「K公園」に出かけていき、そこでやはり「ホモ狩り」に遭って殴り殺されてしまう。

「大統領」はそこに行く際には、身元が割れないように、自分という個人を同定identifyするもの、免許の類などは持たないようにしていた。襲う側からすればしかしそもそも、「大統領」の個人としての自我は重要ではなく、ただ彼が「ホモ」というアイデンティティを持っていればそれで標的としては十分だった。まさに行為に及んでいた最中に殺されたと思しく、「大統領」の

※3　吉田修一、五四頁。
※4　吉田修一、二七—二八頁。

死体の「踝には汚れたパンツが、堅く絡み合っていた」。

「ぼく」はそれをたんなる運の悪さに終わらせるわけにはいかなかった。葬式で親族たちの手前、死因が交通事故とされていたことにも「居たたまれない憤りを感じた」。「同性愛者」としての自分を隠しとおすことが「大統領」自身の意志ではあり、それはなんとか保たれたが、だからこそ「居たたまれない」と思ったのだ。

「大統領」の死後に「ぼく」のとった行動はその不安定な心情を反映して、中途半端なものになっている。まず、彼の意志を継ぐべく、自分の日記の中にあった彼の本名を全部塗りつぶして「大統領」へと書きかえてゆく。さらには、彼を殺した者たちへの呪詛が書き殴られた最後のページは、引き千切って、台所の生ゴミの袋のタマネギの滓の中に強く埋め込む。

一方、「憤り」に駆られ、「血腥い復讐を力に」「K公園」へと向かうのだが、その都度、敵が決して現れないような、「いつでも外へ逃げ出せるような明るい場所を、一晩中歩いていただけ」で帰ってくる。

なんとも一つ一つ歯切れの悪い行為の連続だが、無論そのことで「ぼく」の倫理的弱さを咎めようというわけではない。むしろ「ホモ狩り」に遭うことを、たんなる運の悪さとして処理しようとしていた「大統領」よりもよほど行動的で強いと言える。

しかしそれでも、「ぼく」が自身に感じているであろうような中途半端さ、不安定感はたしかにある。それは、この事件に対してというよりも、それ以前から自分自身の位置についてある種の「居たたまれない」感覚を持っていたからだろう。「ぼく」は今の自分を他人になんと言えばよいのか。

「閻魔ちゃん」や「大統領」のような「仲間」意識は持ち合わせていない。自分を「同性愛者」だとするアイデンティティを持てれば、疚しさを抱えてしまうとしても安定はするのだろうが、「ぼく」は「閻魔ちゃん」の家で暮らしながらも、結婚を半年後に控えた元カノと逢瀬を重ねている。

高校時代には壁にソフィー・マルソーのポスターを貼り、同級生に好きな女子もいた。ただ、彼女には「右近」という名の彼がいて、しかも「ぼく」もまた彼の「退廃的な雰囲気」に「妄執的に憧れて」いた。奇妙な三角関係にも見えるが、しかし「右近」は実のところ「男しか愛せない」男であり、しかしそれでも「ぼく」は彼に憧れ、「必死に右近になろうとして」さえいた。「右近」はそんな「ぼく」を恋愛対象としては見ないようだが、しかし注目すべきはやはり「ぼく」の心理であり、「男しか愛せない」男になろうとしつつも、「右近」を愛の対象にしようとはしない。好きなのは「朋子」という「右近」の彼女である。しかし、「右近」になりきるならば、「男しか愛せない」男になるべきではないか。

この一種のねじれを、しかし「ぼく」は『燃ゆる頬』の主人公のように「ゆがみ」と感じることはなく、またここには、愛する相手が異性なのか同性なのか、という『仮面の告白』における葛藤もまったく見られない。結局今も、「朋子」のあとにつきあった「佐和子」とは、「閻魔ちゃん」と暮らしながらも関係が続いている。それは、愛する相手の性別をめぐるアイデンティティの煩悶を経た上での到達点ではなく、ただたんになんとなくここにいるだけなのである。

現在の自分の位置取りに悩んでいないというわけではない。むしろ「こんな所でこんなオカマと暮らしている自分の姿」を「中途半端」だと自認している。その自省に伴って、『仮面の告白』と同様に、自分という存在を俯瞰すべく過去を回想しはじめるのだが、誕生の瞬間にまで溯ることはない。せいぜいそれは「自分」を生得的で固定的なものとは捉えていないからであるが、それでも「幼い頃」から「誰かに気に入られようとする悪い癖」を持っていたことに思い当たる。これが「自分」の核にあるものだ。言いかえれば、愛することよりも愛されることを重視するのが、「ぼく」の自覚する自身の幼少期からの特徴だということだ。

「ぼく」は「閻魔ちゃん」に愛されるために努力を惜しまないが、先述のとおり、自身は相手を愛していないという自覚がある。だからこそ、相手の愛を試さずにはいられないのだ。「閻魔ちゃん」を困らせるのは、不安の裏返しである。幼い頃から恒に自分を責め苛む問は、〈他の人の中から自分は愛すべき人間として選ばれるのか、そして自分は果たしてその人を大事にできるのか〉というものである。

暴力をふるって「地獄の夫」を演じようとしても役を徹底できず、「酷く情けないジゴロ」という「中途半端」さを自覚するしかない。「閻魔ちゃん」や「大統領」がそれぞれ「オカマ」や「ホモ」というアイデンティティを確立しているのに対し、「ぼく」のそれはあまりに不安定である。他人に対しては「俺」と言うが、地の文、意識の流れの中では一貫して「ぼく」なのだ。「閻魔ちゃん」に嫌われる勇気もないまま元カノとの関係をつづけ、田舎から出てきた母親には「閻魔ちゃん」の存在を隠す。しかし、その母が、せっかく東京に来たのだから「テレビとかに出てる」「オカマさんていうの、ああいう人がいる店に行ってみたいのよ」と言い出し、それならば、と「閻魔ちゃん」を呼び出すことにする。

しかし躊躇した末、結局「閻魔ちゃん」はそこには行かず、友達の「マリネちゃん」のところに避難する。家に戻った「ぼく」は置手紙と電話のそばにあったメモでそのことを知るが、それを解読するに、「閻魔ちゃん」はひたすら「ぼく」を「優しい」人間と信じ、真剣な気持ちで母親に紹介してくれようとしているのだと思ったようだ。だからこそ、雲隠れする。

「閻魔ちゃん」は、「ぼく」が元カノと会っていることも知っているし、ときに「どんな女の子と結婚したい？」と尋ねてくる。自分と暮らしているのは「優しい」がためであり、本質的には異性が好きだと思っているのかもしれない。「ぼく」は前に暮らしていた男よりも「ノンケっぽい」というのが「閻魔ちゃん」の評価だ。だから、「ぼく」にとっての「閻魔ちゃん」は、いわば『こころ』の頃の《通過儀礼》のようなもので、いずれ異性へと移っていくその「階段」として自分はこのあたりで身を引こうと思ったのだ。その前に、家族に波風を立たせてはいけない。ましてやいずれ結婚して子どもをもうけるはずの「ぼく」が、ここで自分との関係に囚われて、「ぼく」の家の「最後の息子」になるようなことになっては申し訳ない、そう思った。

「ぼく」はその心遣い、その自己犠牲に恥じ入る。自分はそこまで真剣な思いで母親と会わせようとしたのではなかった。むしろ母に「見世物」を見せるくらいの気持ちでいたのだ。

しかし「ぼく」はここで、自分を責めるあの問に今や答が与えられたことを知る。買いかぶりの部分はあるにしても、「閻魔ちゃん」は「ぼく」を愛すべき人間としてたしかに選んでくれていた。それを知って、あの問の後半に対する答が「ぼく」自身の中に生じる。

「ぼく」は日記の中にあった「閻魔ちゃん」ということばをすべて修正液で塗りつぶし、そこに「岩倉雅人」という本名を書き込む。おそらくは外見からつけられただろう、二丁目での源氏名を剥ぎとって、一人の人間として相手を愛することをここで学んだのだ。

「オカマ」や「ホモ」を自称していても、それはあくまで本来は他者から与えられたアイデンティティにすぎない。それを半ば自嘲気味に使う「閻魔ちゃん」たちと自分は少し違う、と「ぼく」は思っていたに違いない。そうでなければ、「こんな所でこんなオカマと暮らしている自分」というような言い回しは決して思い浮かぶはずがない。

しかし今や、「閻魔ちゃん」は「オカマの愛人」ではない。「岩倉雅人」というひとりの人間なのであり、それ以上でも以下でもない。男か女かということもあるいはオカマかということも、もはや「ぼく」にとってはどうでもいいことだ。そしてそれはそのまま反転して、自分自身にもあてはまる。

「ぼく」もまた、自分は男が好きか女が好きかあるいは両方なのかというアイデンティティの悩みなどに囚われない。ただ「岩倉雅人」という人間が自分にとって必要だと思うだけだ。

そもそも「ぼく」はあまりこの悩みには囚われていなかったように見える。「ぼく」が「閻魔ちゃん」にひた隠しに隠してきたことと言えば、詩を書いているということだけだった。それが知られたら嫌われる、と信じていたからだ。

他人にあからさまに誇って認められる個性のないかぎり、たいてい人は逆に他人に隠す部分から自分のアイデンティティを形成する。それがまさしく、『仮面の告白』以降の定型だった。

しかし「ぼく」は、母にこそ「閻魔ちゃん」の存在を隠そうとするが、元カノの「佐和子」にはすべてを打ち明けている。人に好かれたいという思いの強さゆえに、相手によって多少態度を変えるだけで、性的指向は「ぼく」のアイデンティティを形成しはしない。その点で実は、「ぼく」は「閻魔ちゃん」たちよりも〈自由〉なのだ。そして、「オカマ」でもなく、「閻魔ちゃん」でもなく、ただ「岩倉雅人」としてまなざすことによって、相手をも〈解放〉する可能性に途を拓く。

これは「同性愛者」としての〈自由＝解放 liberty〉ではない。「同性愛者」あるいは「LGBT」あるいはそれをさらに細分化したどこかに自分を位置づけ、そうした「者」としてそれぞれがそれぞれの権利を獲得していくというものではない。ただ、自分が今たまたまこの人を愛しているということ、その時その相手の性別に囚われないでいる、という〈自由〉である。その意味では「同性愛者」「LGBT」というカテゴライズからも〈自由〉なのだ。

もちろん、それが同性であった場合、現在まだそこにさまざまな抑圧が伴うことは言うまでもない。すべての人の平等に向かう「LGBT」の運動が無駄だと言っているわけでもない。「ぼく」は「岩倉雅人」との関係において〈自由〉になれたとしても、母や、あるいはもっと厳格で同性愛への拒否感の強い父にすぐにそのことを告げられるわけではないだろう。「閻魔ちゃん」が、「ぼく」のまなざしによって途端に魔法を解かれ「岩倉雅人」に変身したわけでもない。「美女と野獣」の野獣は世間では野獣のままなのだ。二人が社会の中での〈自由〉を獲得できるのはまだ先のことだろう。

しかしそれでも、「ぼく」のこのあり方はたんなる夢想ではなく、十分現実味を帯びた可能性である。最後に、現在の現実との接点を示しておけば、「日本初のレズビアンタレント」として活動していた牧村朝子は、自身から既に「レズビアン」の肩書を剥ぎとった。それは、「LGB

T」というカテゴライズが、「LGBT」対「非LGBT」という対立を生み、また「当事者」とそれ以外に分けることで、性的指向が一部「当事者」だけの問題となりつつあるように感じたからだ。[※5]「男」対「女」という単純な二項対立を壊そうとした「LGBT」が、しかし新たな二項対立を生み出している。自身は「LGBT」によって自己を確立したとしても、その段階を経て、「さようなら、LGBTさん」という意識に達したという。

『最後の息子』の「ぼく」にはそのような経緯はなかったように見えるが、それでも「LGBT」というカテゴライズとは別のところで同性を愛する途を選択した。

むろん、そこには二人だけの関係を超えた別の問題も出てくる。「閻魔ちゃん」が身を引こうとした一つの理由は、「ぼく」を家系の「最後の息子」にするわけにはいかないとの思いだった。出産、育児、あるいはそれ以前に「結婚」の問題がある。

牧村朝子は、二〇一三年にフランス人女性とかの地で結婚したが、二〇一七年に「脱婚」した。相手に対してというよりも「結婚」という制度そのものに違和感を感じたのだ。「結婚」という制度がそもそも異性間のものとして、出産、育児までが想定された制度である以上、当然のことだろうと思う。同性愛がこの制度をどう変えていくのかはまだわからないが、今の日本では

※5　「拝啓　LGBTという概念さんへ」『現代思想』二〇一五年一〇月号、青土社

むしろ、生涯未婚率が上がる中で、同性間のカップルがこの制度を一部支えていくのではないかとさえ思われる。その時、これがそもそも異性愛の制度だということをどれだけ認識しているのだろうか。異性愛に与えられた現在の権利をそのまま同性愛に与えることが果たして最善なのか、文学にとっても問うべき場所はこのあたりにありそうだ。

ともあれ、『最後の息子』は、同性愛をアイデンティティとして悩む文学の系譜における「最後の息子」になった。そして新たな家系の可能性をも示したのである。

ここで示された〈自由〉は、三島由紀夫以前の〈自由〉とまったく同じものではありえない。かつての自由が、外的抑圧や内的葛藤という囚われのそもそもない〈自由 freedom〉だったとすれば、新たなそれは、そうしたものを経験した上での〈解放 liberty〉の意を含むからだ。そしてそれは「同性愛者」、「ＬＧＢＴ」としての権利を手にした〈解放 liberty〉とも少し異なる。そうしたカテゴライズからの〈解放〉も、この新たな〈自由〉は含んでいるからだ。その意味では、囚われのなかったかつての〈自由〉に近いところもある。

いずれかだけが正しいわけでなく、時代や場所とともにその正しさは変わる。文学はただし、本書のはじめに引いたアリストテレスを再び思い起こせば、起きた事実よりも可能性を書くところに意義がある。

ここまで同性愛文学の系譜を辿ってきて、同性愛に対する見方に大きな変化があったことを見た。ごくかんたんに言えば、囚われなき状態から、西洋的な差別視の時代を経て、解放へと向かっているが、ただしその解放は「同性愛者」という西洋発の概念に基づくものである。

そうしたカテゴリズにあまり囚われなかった『最後の息子』の「ぼく」が「『和製』という言葉をぼくは侮辱用語だと教えられて育ったような気がする」と言っていたのは象徴的だ。われわれは同性愛に関しても、「和製」の生き方がありえたことを忘れてしまっているのではないだろうか。日本文学におけるこの点での多様性を見ることで、その可能性の一端をでも示すことができていたなら、と願う。

# おわりに

ちょうど世紀の変わった二〇〇一年三月、「LGBT」のムーヴメントにとって大きな動きがフランスであった。パリの市長選が行われ、投票があったその歴史的な日の夜半、そんなことはつゆ知らず、私は全くたまたまその街を千鳥足で歩いていた。午前一時を回っていたと思う。そんな時間にもかかわらず、賑やかな音楽が聞こえて来る。通りすがった公園に人だかりができている。百や二百ではきかない人々が明らかに皆昂揚して仮設とおぼしきステージに向かっている。彼らを結びつけているのは怒りではなくまちがいなく歓びだ。遠くからでもそれくらいはわかる。

危険はなさそうなので公園に入ると、一人のスーツ姿の男が登壇した。熱狂はいやましに増す。聞けば、彼らの支持するベルトラン・ドラノエなる人物がたった今当確を打ったのだと言う。パリの市長選というのは毎回これほど盛り上がるものなのか。

取材に来ていたテレビカメラがこちらを向いた。マイクを突きつけられ、今の感想を問われた。正直に、市民でなく観光客であることを告げ、東京人に比べてはるかに高い、パリジャン、パリジェンヌの政治意識を讃えた。

いや、これは普通の選挙ではない、世界中が注目している、なぜならドラノエ氏は自分がゲイであるとカムアウトし、ゲイたちの支持によって当選を決めたのだから。インタヴューアーはそう説明してくれた。そしてふたたびこちらにマイクを向けて尋ねた。「あなたはゲイじゃないんですか？」。

たしかに、公園にいたほとんどは、自らを同性愛者と認める人であったに違いない。よくみれば、街灯に攀じていいる人が振っていたのは虹色の旗だった。あるいはそこには、パリに住所がなくとも、この歴史的瞬間に立ち会おうとしたゲイ市民が集まってきていたのだろう。

全く予期せぬ質問に私は口籠った。なんと答えればよいかわからなかった。訊ねる人は真剣に問うており、集っている人々の陶酔も、酒による私のそれとは違いどこまでも真摯なものだった。そこでなにも知らずに一緒に浮かれていた私が悪い。

しかし、そうだとしても「あなたはゲイか？」という問には、酔いの一気に醒める思いがした。そこに強い政治性を感じずにはいられなかったからだ。選挙に当然まつわるものとしての政治性のことではない。それは、「どの候補者を／どの党を支持しますか」というレベルとは異なる強圧的な質問だ。必ずどちらかを選ばなければならないという圧力ばかりでなく、いきなり自分の内奥を力づくでこじあけられるような恐怖と違和を感じさせるものだからだ。ここでは、自分が選ぶ主体であるというより、同性愛／異性愛者のどちらとして選ばれたのかが問われているのだ。

しかし、もしこのような質問をされた時に答に窮するのが私だけでないとすれば、あるいは「ゲイであること」を慌てて肯定／否定しなければならないと感じるのであれば、いずれにせよそれは同性愛をその人の本性とみなす本質主義の立場を採っているからだ。

そしてこの政治性こそ、人の内面までをも支配する、フーコー言うところの「生政治」の現れに他ならない。気づけばもはやわれわれは、抜け出しがたく同性愛の本質主義にどっぷりと浸かってしまっている。同性愛と共闘するにせよ、まずその前に自分自身を二者のうちのどちらかに定めるのが、唯一「政治的に正しい politically correct」方法であるかのように思えた。

しかし、「そもそもこの問は答えなければならない問なのだろうか」、というのがここでの問である。右のような「政治的」解決法以外に、「同性愛」を扱う途はないのだろうか。少し時を溯るだけで、少なくとも日本の文学は同性愛に本質主義とは異なるまなざしを注いでいたのだが。

再びフーコーによれば、性にも歴史がある。

日本でも「ＬＧＢＴ」が解放のためのことばであることは変わらない。しかし、その解放が何からのであることを問う時、日本における抑圧の歴史は西洋のそれとは全く異なることは誰しも認めるところだろう。グローバリゼーションによって見えづらくなっているが、いや、見え方の問題だけでなく、現在においては実際にほとんど同じ地点に到達しようとしているのかもしれないが、少なくとも「ＬＧＢＴ」を解放と捉えた時には過去の由来について考えないわけにはいかない。日本における同性愛の抑圧はどのように形成されてきたのか。

結論から言えば、現在の日本における同性愛の抑圧の大部分は西洋からもたらされたものである。日本で連綿とつづいてきた同性愛の歴史に、西洋の考えが横から入ってきて大きな変革を生じさせた。両者の交錯を経て、現在はかなりグローバルスタンダードに近づいているだろう。

しかしまだ十年も経たない前に、たとえばある一人の日本人の老作家はこう言った。

「テレビなんかにも同性愛者が平気で出るでしょ。日本は野放図になり過ぎている」

「どこかやっぱり足りない感じがする。遺伝とかのせいでしょう。マイノリティーで気の毒ですよ」

「ゲイのパレードを見ましたけど、見てて本当に気の毒だと思った。男のペア、女のペアあるけど、どこかやっぱり足りない感じがする」

小説家として時代の風俗に大きな影響を与えたばかりでなく、ドラノエと同じく国会議員から転身して地方都市の首長になった彼が、まだ現職都知事であった二〇一〇年十二月に述べたことばである。

こうした発言が近年までまかり通っていたことに驚かされる。しかも小説家にして政治家という立場にある者のことばだが、当人は、事後に謝罪も撤回もしていない。そこからすればわれわれの同性愛に対する認識は短い間に長足の進歩を遂げたと言ってよい。現在なら到底許されざる発言だろう。

そしてわれわれもまた、知らない間にこの対立＝ゲームに巻き込まれてしまっているのではないだろうか。問題は、同性愛者の地位の向上や保全という以前に、異性愛者／同性愛者という対決の軸そのものにある。そんな勝負にはそもそも興味がない、と思っている人間であっても、ここにゲームとして顕在化している問題の根を辿れば、自分もまたなにがしかそこに関わっていることに気づくだろう。

これが現在のわれわれの平均的な立場であり、つまりは「常識」だ。差別は未だたしかに残っているが、対抗言説が力を増していることは間違いない。「ＬＧＢＴ」あるいはそれに連なるあの長大な分類のどこに自分の立場を定めてこの「闘い」を闘うか、ということが問われている。言いかえれば、ここで突きつけられているのは「お前は誰か」という問である。私がパリの深夜の公園で問われたのと同じあの問。現在の日本において、性に関する自分のあり方、すなわち性的志向と性自認と他者のそれに対する態度と、をはっきりさせることがますます求められている。

この問には応えなければならないが、それは答えなければならないというのと同じではない。つまり、この問を無視してはならないが、必ずしもそれに直接答える必要はない。答えようとする時には既に問の枠組に囲い込まれてしまっている。

たしかに現在この問に外部は見当たらないかのように思えるが、しかしこの問がいつどのように発生したのかを見るならば、「答える」以外の方法で「応える」可能性も見えてくるかもしれない。

同性愛者は「お前は誰か」という問にずっと悩まされつづけてきたのだろうか。というのがここで新たに立てられる問である（言うまでもなく、多数派とされる異性愛者はこの問をほとんど自覚しない）。これが本書で考える最大の問であり、これに答えることで、先の問にも応えようとするものである。

つまり、現在の問を自明のものとして、その枠組で過去の作品を見るのでなく、むしろ過去の作品を通じて問の起源を探ること。そしてそれによって、この問が必然的に生む対立の外部に出る可能性を示すこと。本書を通じてその一端を見出すことができたなら幸いである。

謝辞

序章にも記したとおり、本書のある部分は『文學界』に断続的に掲載されたものだが、一書にまとめにあたって構成も大きく変え、大幅に加筆修正もしたため、特にどこことは記さない。書籍化する際に担当して下さった編集者は部署がえになったり退社されたりと、なかなか落ち着かない経緯を辿ったが、最終的にお世話になった黒古麻己氏と坂田亮氏、そして雑誌掲載時の担当、清水陽介氏の三氏に加え、校正や年表作成で煩わせた小松芽衣、山口真央両氏の名前を記し、特別の感謝を捧げたい。

## 引用文献一覧


赤坂真理　「雨」『コーリング』　講談社、一九九九年
浅原ナオト　『彼女が好きなものはホモであって僕ではない』　角川書店、二〇一八年
秋田雨雀　「同性の恋」『早稲田文学』　明治四十年六月之巻、一九〇七年
芥川龍之介　『芥川龍之介全集　第二十三巻』　岩波書店、一九六八年
稲垣足穂ａ　「異物と滑翔」『ちくま日本文学〇一六』　筑摩書房、二〇〇八年
　　　ｂ　『少年愛の美学』　河出書房新社、一九八六年
岩田準一　『本朝男色考　男色文献書志』　原書房、二〇〇二年
内田魯庵　『内田魯庵全集　第十一巻』　ゆまに書房、一九八六年
大江健三郎　『個人的な体験』　新潮社、一九六四年
加藤秀行　「サバイブ」『シェア』　文藝春秋社、二〇一六年
川端康成ａ　「少年」『川端康成全集　第十巻』　新潮社、一九八〇年
　　　ｂ　「乙女の港」（中里恒子）『川端康成全集　第二十巻』　新潮社、一九八一年
木下杢太郎　『木下杢太郎全集　第五巻』　岩波書店　一九四八年
日下諗　「給仕の室」『白樺』　明治四十三年七月号、一九一〇年
坂上秋成ａ　『惜日のアリス』　河出書房新社、二〇一三年
　　　ｂ　『夜を聴く者』　河出書房新社、二〇一六年
里見弴　『里見弴全集　第一巻』　筑摩書房、一九七七年
志賀直哉　『志賀直哉全集　第二巻』　岩波書店、一九九九年
太宰治　『太宰治全集　第二巻』　筑摩書房、一九九八年
田村俊子ａ　「あきらめ」『田村俊子全集　第二巻』　ゆまに書房、二〇一二年

b 「同性の恋」『田村俊子全集 第三巻』ゆまに書房、二〇一二年
谷崎潤一郎a 「異端者の悲しみ」『谷崎潤一郎全集 第四巻』中央公論社、一九六七年
b 「卍」『谷崎潤一郎全集 第十一巻』中央公論社、一九六七年
坪内逍遥 『逍遥選集 別冊第一巻』春陽堂、一九二七年
豊島ミホ 「ゆうちゃんはレズ」『リリイの籠』光文社、二〇〇七年
中上健次 『讃歌』文藝春秋、一九九〇年
夏目漱石 『漱石全集 第九巻』岩波書店、一九九四年
橋口亮輔 『二十才の微熱』扶桑社、一九九四年
『小説ハッシュ！』扶桑社、二〇〇二年
平塚らいてう 『元始、女性は太陽であった――平塚らいてう自伝』大月書店、一九七一年
比留間久夫 『YES・YES・YES』河出書房新社、一九八九年
『ハッピー・バースデイ』河出書房新社、一九九〇年
福永武彦 『福永武彦全集 第二巻』新潮社、一九八七年
藤岡一枝 「初恋」『青鞜小説集』講談社、二〇一四年
藤野千夜 『少年と少女のポルカ』講談社、二〇〇〇年
伏見憲明 『魔女の息子』河出書房新社、二〇〇三年
堀辰雄 「燃ゆる頬」「顔」『堀辰雄全集 第一巻』筑摩書房、一九七七年
前川直哉 『〈男性同性愛者〉の社会史 アイデンティティの変容／クローゼットへの解放』作品社、二〇一七年
松浦理英子 『ナチュラル・ウーマン』河出書房新社、一九九一年
三島由紀夫 『決定版 三島由紀夫全集』新潮社、二〇〇〇～二〇〇四年
宮本百合子a 「伸子」『宮本百合子全集 第三巻』新日本出版社、一九七九年
b 「二つの庭」『宮本百合子全集 第六巻』新日本出版社、一九七九年

武者小路実篤『武者小路実篤全集　第三巻』小学館、一九八八年
村上龍『限りなく透明に近いブルー』講談社、一九七六年
村田沙耶香「ガマズミ航海」『星が吸う水』講談社、二〇一〇年
森鷗外『鷗外全集　第五巻』岩波書店、一九七二年
森茉莉『枯葉の寝床』新潮社、一九六二年
山崎ナオコーラa『この世は二人組ではできあがらない』新潮社、二〇一〇年
b『私の中の男の子』講談社、二〇一二年
山田詠美『ジェントルマン』講談社、二〇一四年
吉田修一『最後の息子』文藝春秋社、二〇〇二年
よしもとばなな『スナックちどり』文藝春秋社、二〇一三年
吉屋信子『吉屋信子乙女小説コレクション2』国書刊行会、二〇〇三年
リューブ、ゲイリー・P『男色の日本史――なぜ世界有数の同性愛文化が栄えたのか』作品社、二〇一四年

## 年表（発表年と作品内で扱われている時代は必ずしも一致しない）

| 発表年※ | 作家名 | 作品名 |
| --- | --- | --- |
| 一八八五～八六（明治一八・一九） | 坪内逍遥 | 『当世書生気質』 |
| 一九〇二（明治三五） | 内田魯庵 | 『社会百面相』 |
| 一九〇七（明治四〇） | 秋田雨雀 | 『同性の恋』 |
| 一九〇九（明治四二） | 森鷗外 | 『ヰタ・セクスアリス』 |
| 一九一〇（明治四三） | 日下諗 | 『給仕の室』 |
| 一九一一（明治四四） | 田村俊子 | 『あきらめ』 |
| 一九一二（大正元） | 志賀直哉 | 『大津順吉』 |
| | 田村俊子 | 『悪寒』 |
| 一九一二～一三（大正元～二）？ | 芥川龍之介 | 『VITA SEXUALIS』 |
| | | 『SODOMYの発達（仮）』 |
| 一九一三（大正二） | 里見弴 | 『君と私』 |
| | 折口信夫 | 『口ぶえ』 |
| 一九一四（大正三） | 夏目漱石 | 『こころ』 |
| | 武者小路実篤 | 『初恋』 |
| | 田村俊子 | 『春の晩』 |
| 一九一五（大正四） | 木下杢太郎 | 『少年の死』 |
| 一九一六（大正五） | 木下杢太郎 | 『船室の夜』 |

|  |  |  |
| --- | --- | --- |
| 一九一六～二五（大正五～一四） | 吉屋信子 | 『花物語』 |
| 一九一七（大正六） | 谷崎潤一郎 | 『異端者の悲しみ』 |
| 一九一九（大正八） | 吉屋信子 | 『屋根裏の二処女』 |
| 一九二四～二六（大正一三～昭和元） | 宮本百合子 | 『伸子』 |
| 一九二八（昭和三） | 谷崎潤一郎 | 『卍』 |
| 一九三〇（昭和五） | 堀辰雄 | 『水族館』 |
| 一九三二（昭和七） | 堀辰雄 | 『燃ゆる頬』 |
| 一九三三（昭和八） | 堀辰雄 | 『顔』 |
| | 太宰治 | 『思い出』 |
| 一九三七（昭和一二） | 川端康成（中里恒子） | 『乙女の港』 |
| 一九四六（昭和二一） | 三島由紀夫 | 『煙草』 |
| 一九四七（昭和二二） | 宮本百合子 | 『二つの庭』 |
| | 三島由紀夫 | 『春子』 |
| 一九四七～五〇（昭和二二～二五） | 宮本百合子 | 『道標』 |
| 一九四八～四九（昭和二三・二四） | 川端康成 | 『少年』 |
| 一九四九（昭和二四） | 三島由紀夫 | 『仮面の告白』 |
| 一九五一～五三（昭和二六～二八） | 三島由紀夫 | 『禁色』 |
| 一九五二（昭和二七） | 久坂葉子 | 『ふたつの花』 |
| 一九五四（昭和二九） | 福永武彦 | 『草の花』 |

|  |  |  |
| --- | --- | --- |
| 一九五七（昭和三二） | 三島由紀夫 | 『女方』 |
| 一九六〇（昭和三五） | 外村繁 | 『澪標』 |
| | 三島由紀夫（榊山保） | 『愛の処刑』 |
| 一九六一（昭和三六） | 森茉莉 | 『恋人たちの森』 |
| | 森茉莉 | 『日曜日にはぼくは行かない』 |
| 一九六二（昭和三七） | 森茉莉 | 『枯葉の寝床』 |
| 一九六三（昭和三八） | 三島由紀夫 | 『肉体の学校』 |
| 一九六四（昭和三九） | 大江健三郎 | 『個人的な体験』 |
| 一九六五（昭和四〇） | 川端康成 | 『美しさと哀しみと』 |
| 一九六八（昭和四三） | 三島由紀夫 | 『わが友ヒットラー』 |
| | 稲垣足穂 | 『少年愛の美学』 |
| 一九六九（昭和四四） | 吉川淳之介 | 『暗室』 |
| 一九七二（昭和四七） | 稲垣足穂 | 『菫色のANUS』 |
| 一九七六（昭和五一） | 村上龍 | 『限りなく透明に近いブルー』 |
| 一九八五（昭和六〇） | 山田詠美 | 『ベッドタイムアイズ』 |
| | 橋本治 | 『無花果少年と瓜売小僧』 |
| 一九八七（昭和六二） | 松浦理英子 | 『ナチュラル・ウーマン』 |
| 一九八七〜八九（昭和六二〜平成元） | 中上健次 | 『讃歌』 |
| 一九八九（平成元） | 比留間久夫 | 『YES・YES・YES』 |

|  |  |  |
|---|---|---|
| 一九九〇（平成二） | 比留間久夫 | 『ハッピー・バースデイ』 |
| 一九九一（平成三） | 江國香織 | 『きらきらひかる』 |
| 一九九四（平成六） | 橋口亮輔 | 『二十歳の微熱』 |
| 一九九六（平成八） | 藤野千夜 | 『少年と少女のポルカ』 |
| 一九九七（平成九） | 吉田修一 | 『最後の息子』 |
| 一九九九（平成一一） | 藤野千夜 | 『夏の約束』 |
| | 赤坂真理 | 『雨』 |
| 二〇〇一（平成一三） | 中山可穂 | 『白い薔薇の淵まで』 |
| 二〇〇二（平成一四） | 橋口亮輔 | 『小説ハッシュ！』 |
| 二〇〇三（平成一五） | 伏見憲明 | 『魔女の息子』 |
| 二〇〇七（平成一九） | 豊島ミホ | 『ゆうちゃんはレズ』 |
| 二〇〇九（平成二一） | 山崎ナオコーラ | 『この世は二人組ではできあがらない』 |
| | 村田沙耶香 | 『ガマズミ航海』 |
| 二〇一〇（平成二二） | 村田沙耶香 | 『ハコブネ』 |
| 二〇一一（平成二三） | 山崎ナオコーラ | 『私の中の男の子』 |
| | 村田沙耶香 | 『タダイマトビラ』 |
| | 山田詠美 | 『ジェントルマン』 |
| 二〇一二（平成二四） | 綿矢りさ | 『ひらいて』 |
| 二〇一三（平成二五） | 坂本秋成 | 『惜日のアリス』 |
| | 吉本ばなな | 『スナックちどり』 |

|  |  |  |
| --- | --- | --- |
| 二〇一五（平成二七） | 加藤秀行 | 『サバイブ』『シェア』 |
| 二〇一六（平成二八） | 坂本秋成 | 『夜を聴く者』 |
| 二〇一七（平成二九） | 沼田真佑 | 『影裏』 |
| 二〇一八（平成三〇） | 浅原ナオト | 『彼女が好きなものはホモであって僕ではない』 |
| | 坂本秋成 | 『私のたしかな娘』 |
| | 李琴峰 | 『独り舞』 |
| 二〇一九（平成三一） | 綿矢りさ | 『生のみ生のままで』 |
| | 李琴峰 | 『五つ数えれば三日月が』 |

※刊行年、また、生前未発表のものは執筆されたと推定される年に依ったものもある。

著者プロフィール

**伊藤氏貴**（いとう・うじたか）

1968年生まれ。文藝評論家。明治大学文学部准教授。麻布中学校・高等学校卒業後、早稲田大学第一文学部を経て日本大学大学院藝術学研究科修了。博士（藝術学）。2002年に「他者の在処」で群像新人文学賞（評論部門）受賞。
著書に、『奇跡の教室』（小学館）、『美の日本』（明治大学出版会）がある。

**同性愛文学の系譜**（どうせいあいぶんがくのけいふ）

**日本近現代文学におけるLGBT以前／以後**

2020年2月5日　初版発行

著　者　伊藤氏貴

発行者　池嶋洋次
発行所　勉誠出版株式会社
〒101-0051　東京都千代田区神田神保町3-10-2
TEL：(03)5215-9021(代)　FAX：(03)5215-9025

〈出版詳細情報〉http://bensei.jp

印刷・製本　中央精版印刷

ISBN978-4-585-29191-6　C0095

## 川端康成詳細年譜

作品や公開された日記・書簡をベースに、当時の新聞記事や交友のあった作家らの回顧録などあまたの資料・記録や関係者への取材から、その生活を再現する。

小谷野 敦・深澤晴美 編・本体一二〇〇〇円（＋税）

## 私小説ハンドブック

一〇九人の作家を取り上げる他、研究者・実作者へのインタビュー、キーワードや海外の状況など、「私を探究する文学」の全貌を提示した、初の私小説ガイドブック。

秋山 駿・勝又 浩 監修／私小説研究会 編・本体二八〇〇円（＋税）

## 私小説千年史

### 日記文学から近代文学まで

日本語がつくり上げた日本の文学――日記文学、和歌や俳句、随筆を経て、私小説という表現手法が生まれた道筋、その生い立ちを浮かび上がらせる。

勝又 浩 著・本体二四〇〇円（＋税）

## 私小説のたくらみ

### 自己を語る機構と物語の普遍性

芥川龍之介『歯車』など私小説の代表作から、大江健三郎『個人的な体験』など、従来は「私小説」として扱われなかった作品も取り上げ、「私」語りのありようを考察。

柴田勝二 著・本体三六〇〇円（＋税）

## 三島由紀夫と能楽
『近代能楽集』、または堕地獄者のパラダイス

三島は、能楽の「生の否定」を華麗に脱構築し、救済を拒絶し絶望の美的結晶体と化した者たちの疾駆するドラマ『近代能楽集』を書いた。新鋭による初の三島＝能楽論。

田村景子 著・本体二八〇〇円（＋税）

## 漱石文体見本帳

多彩な表現をあやつる「文章家」としても読者から愛された夏目漱石。漱石の小説文体を一〇に分類。具体的な文例を味わいながら、その効果と背景をわかりやすく紹介。

北川扶生子 著・本体二八〇〇円（＋税）

## 男色を描く
西鶴のＢＬコミカライズとアジアの〈性〉

日本古典の男色の世界、二次創作、「萌え」の共振、アジアのＢＬ解釈からＬＧＢＴ事情まで、時代や国の中で変化していく、恋愛・性愛の多様性を探る。

染谷智幸・畑中千晶 編・本体二二〇〇円（＋税）

## アメリカ現代詩入門
エズラ・パウンドからボブ・ディランまで

エズラ・パウンドから、アレン・ギンズバーグ、ボブ・ディランまで、代表的詩人一九人の三〇作品を、一篇ずつ、丹念に読み解き、アメリカ詩の変遷を俯瞰する。

原成吉 著・本体三五〇〇円（＋税）